셜록 홈즈

네 개의 기호

셜록 홈즈
네 개의 기호

초판 1쇄 발행 · 2002년 11월 25일
초판 3쇄 발행 · 2005년 8월 10일

지은이 · 아서 코난 도일
옮긴이 · 김문유
펴낸이 · 이종문
펴낸곳 · (주)국일출판사

편집기획 · 김선, 장현숙, 김명효, 권희진, 김영주, 박귀영
영업마케팅 · 김종진, 오정환, 김성학
디자인 · 이희욱, 양지현
웹마스터 · 견진수
관리 · 최옥희, 박주선
제작 · 유수경

등록 · 제2-1720호
주소 · 경기도 파주시 교하읍 문발리
      파주출판문화정보산업단지 514-6 B1
영업부 · Tel 031)955-6050 | Fax 031)955-6051
편집부 · Tel 02)2253-5291 | Fax 02)2236-8842

평생전화번호 · 0502-237-9101~3
웹사이트 : www.ekugil.com(한글도메인 · 국일미디어, 국일출판사)
E-mail : kugil@ekugil.com

ISBN 89-7425-402-6 (03840)

셜록 홈즈

네 개의 기호

아서 코난 도일 지음

김문유 옮김 | 정태원(추리소설비평가) 해설

국일미디어

■ 『네 개의 기호』 등장 인물

• 셜록 홈즈
코난 도일의 소설에 나오는 세계적인 명탐정으로, 폭넓은 상식뿐만 아니라
관심 분야에 대해 타의 추종을 불허하는 탁월한 지식의 소유자이다.

• 존 H. 왓슨
의학 박사이며 예비역 군의관. 홈즈의 23년 탐정 활동 기간에서 17년을 함
께 하며 홈즈와 사건을 조사하고, 그의 뛰어난 활약상을 기록한다.

• 메리 모스턴
행방불명된 아버지를 찾기 위해 홈즈에게 사건을 의뢰한 여인. 사랑스럽고
매력적이며 자제력 강한 모습으로 왓슨의 마음을 흔들어 놓는다.

• 새디어스 숄토
숄토 가문의 쌍둥이 중 동생으로 예술품에 대한 조예가 상당히 깊다. 숄토
가문에서 가장 정직하고 욕심이 없어 아버지의 유언을 충실히 따르려 한다.

• 바솔로뮤 숄토
새디어스 숄토의 형으로, 그와 똑같이 대머리에 주도면밀한 성격이다. 재산
에 대한 욕심이 아버지만큼 많아서 동생과 갈등을 겪는다.

• 존 숄토 소령
인도에서 장교로 복역하다가 상당한 골동품과 재산을 모아 영국으로 돌아
온다. 탐욕이 강한 사람으로 과거 어떤 일에 대해 입을 다문다.

• 모스턴 대위
인도에서 함께 근무한 숄토 소령의 막역지우. 1년간 휴가를 받아 영국에 왔
다가 딸을 만나지 못한 채 행방불명된다.

• 조나단 스몰
군대에서 수영을 하다가 악어에게 물려 한쪽 다리에 의족을 하고 다닌다. 우
연하게 일확천금의 기회를 갖게 되면서 운명의 소용돌이에 휩쓸리게 된다.

• 통가
안다만 제도의 원주민으로, 작은 키에 머리가 기형적으로 크고 흉칙하게 생
겼다. 성격도 포학하지만 생명의 은인인 조나단 스몰을 헌신적으로 돕는다.

• 애서니 존스
불그스레한 얼굴에 듬직한 체구를 지닌 런던 경찰청 경감. 홈즈의 추리 방
법을 전적으로 믿지는 않지만, 홈즈가 해결한 바솔로뮤 숄토의 살인 사건에
대한 모든 영예를 얻는다.

네 개의 기호

추리

홈즈가 벽난로 구석에서 병을 집어 들고 깔끔한 모로코 상자에서 피하 주사기를 꺼냈다. 가늘게 떨리는 길고 하얀 손가락으로 뾰족한 바늘 끝을 맞춘 다음, 왼쪽 셔츠 소매를 접어 올렸다. 그는 무수한 주사 바늘 자국으로 뒤덮인 자신의 실팍한 팔뚝과 손목을 한동안 물끄러미 쳐다보았다.

이윽고 팔뚝에 바늘 끝을 찔러 넣고 피스톤을 지그시 눌렀다. 그리고는 만족스런 한숨을 길게 내쉬며 벨벳 천을 씌운 안락의자에 몸을 깊숙이 파묻었다.

여러 달 동안, 나는 그가 주사 놓는 모습을 하루에 세 번씩 봐 왔다. 그러나 아무리 오랫동안 봐도 익숙해지기는커녕 하루하루 속만 더 탔다. 그리고 약을 끊으라고 말할 용기가 없는 나 자신이 한심하게 느껴져 밤마다 자괴감에 시달렸다.

나는 친구로서 이 문제에 대해 분명히 말하리라 수없이 다짐을 했다. 그러나 홈즈의 차갑고 무심한 태도를 대하면 감히 말을 꺼낼 용기가 나지 않았다. 그 뛰어난 능력, 사물의 이치를 통달한 것 같은 태도, 또 그 동안 수없이 목격해온 비범한 재능들을 떠올리다 보면 그를 거스르려 하다가도 주춤주춤 뒤로 물러서게 되는 것이다.

하지만 그날 오후에는 점심 때 반주 삼아 마신 포도주 탓인지, 아니면 지나치게 침착한 그 친구의 태도에 울화가 치밀어서인지, 더 이상 그대로 있어서는 안 되겠다는 생각이 들었다.

"오늘은 뭔가? 모르핀? 코카인?"

빛바랜 고서적을 읽고 있던 홈즈가 시큰둥한 표정으로 나를 처다보았다.

"코카인일세. 7퍼센트짜리 용액이지. 자네도 맞아보겠나?"

"아니, 절대 사양하네."

나는 퉁명스럽게 내뱉었다.

"내 몸은 아직 아프가니스탄 전쟁의 후유증에서 벗어나지 못했네. 그런 몸으로 무리할 생각은 없어."

홈즈는 내가 정색을 하고 말하는 것을 보고 소리 없이 웃었다.

"왓슨, 자네가 옳을지도 모르지. 이런 약물이 육체에 나쁜 영향을 준다는 건 나도 알고 있네. 하지만 정신을 자극하고 맑게 해주는 데는 이만한 게 없지. 그 탁월한 효과에 비하면 부작용은 아무것도 아니라네."

"하지만 생각해보게!"

나는 진지하게 홈즈를 설득하기 시작했다.

"그 때문에 치를 대가를 생각해보란 말일세! 자네 말대로 약이 뇌에 자극을 주고 각성시킨다지만 그건 정상적인 현상이 아니야. 오히려 몸의 조직을 서서히 변화시키는 병적인 과정이네. 그러다가 결국 평생을 골골거리며 살게 될지도 몰라. 자네도 그런 몹쓸 부작용이 나타난다는 건 알고 있겠지? 그렇게 약물의 힘을 빌어서 두뇌 활동을 활발하게 하는 것이 몸을 망칠 만큼 엄청난 대가를 치를 가치는 없네. 고작 한 순간의 쾌락 때문에 타고난 비범한 능력을 위태롭게 해서야 쓰겠나? 이건 단지 친구로서가 아니라 자네 몸에 대해 어느 정도는 책임이 있는 의사로서 하는 말이니 명심하게."

내 말에 홈즈의 마음이 상한 것 같지는 않았다. 오히려 두 손끝을 맞대고 안락의자의 팔걸이에 팔꿈치를 올려놓는 모양새가 마치 대화를 즐겨보겠다는 태도였다.

"내 정신은 정체되는 것을 못 견디네. 그건 생각만 해도 소름끼치는 일이지. 내게 문제를 내보게. 뭔가 일을 맡기거나 풀기 어려운 암호나 복잡한 분석 거리를 내보란 말일세. 그럼 나도 약에 의존하지 않고 맨 정신으로 지낼 수 있을 테니. 난 단조로운 일상은 질색이라네. 정신의 고양을 열렬히 갈망하지.

내가 나만의 독특한 직업을 선택한 이유도 바로 그 때문이지. 아니, 창조했다는 게 옳겠군. 이 일을 하는 사람은 세상에서 나 혼자뿐이니까."

"유일한 사립탐정이란 말인가?"

내가 눈을 치켜뜨며 물었다.

"전문적인 조언을 해주는 유일한 사립탐정이지. 게다가 나로 말하면 범죄수사 분야에서는 대법원이자 대법관이라네. 그랙슨이나 레스트레이드, 애서니 존스가 역량이 달려 사건해결이 지지부진해지면, 사실 늘 그렇지만, 결국 나를 찾아온다네. 그럼 나는 전문가답게 자료들을 면밀히 살펴본 다음 내 견해와 조언을 피력하지. 일 자체와 나의 특별한 재능을 발휘할 분야를 발견하는 기쁨이 내게는 최고의 보상일세. 내가 사건을 해결하는 방식은 제퍼슨 호프 사건을 겪어봐서 자네도 어느 정도는 알고 있을 걸."

"암, 알고 말고."

내 말은 진심이었다.

"난 평생 그때처럼 엄청난 충격을 받아본 적이 없었네. 그래서 그 경험을 『주홍색 습작』이라는 좀 환상적인 제목을 붙인 책에서 구체적으로 묘사했지."

홈즈는 언짢은 얼굴로 고개를 흔들었다.

"나도 그 책을 대강 훑어보긴 했지만 솔직히 말해서 그 책에 대해선 칭찬할 수 없네. 탐정이라는 일은 본래 한치의 오차도 없어야 하는 하나의 정밀 과학이고, 그 때문에 자연과학과 마찬가지로 냉정하고 객관적으로 다루어야 하네. 헌데 자넨 그 사건에 로맨틱한 색을 덧칠하려 했어. 결과는 마치 '유클리드의 기하학 제5정리'에 남녀의 사랑이야기를 섞어 놓은 듯한 모양새가 됐지."

나는 홈즈의 주장에 이의를 제기했다.

"하지만 그 사건에 로맨스가 있었던 건 사실 아닌가. 엄연한 사실을 빼놓고 그냥 넘어갈 수야 없지 않나."

"때론 덮어두는 게 나은 사실도 있는 법이네. 아니면 적어도 객관적인 균형감각을 갖고 다루던가. 그 사건에서 언급할 만한 가치가 있는 점은 오직 결과에서 거꾸로 원인을 추적해 가는 정밀한 분석적 추리과정이었네. 그 사건을 성공적으로 해결할 수 있었던 것도 바로 결과에서 원인을 추론한 덕분이었지."

홈즈 본인을 기쁘게 할 요량으로 쓴 작품을 두고 이렇게 혹평을 하자 나는 기분이 언짢아졌다. 하나 더 고백하자면 책의 모든 페이지를 자기 언행으로만 채워야 한다고 요구하는 듯한 홈즈의 이기주의적인 태도에 짜증이 났다. 베이커 가(街)에서 함께 살아온 몇 년 동안, 나는 홈즈의 조용하면서도 남을 가르치기 좋아하는 태도 저변에 깔린 허영심을 관찰할 기회가 여러 번 있었다. 그래서 불쾌하긴 했지만 나는 아무 대꾸도 하지 않고 총상 입은 다리만 주무르며 앉아 있었다. 아프가니스탄 전쟁 중에 나는 총알이 다리를 관통하는 부상을 입었다. 걷는 데 큰 어려움은 없었지만 날씨가 조금만 흐려도 어김없이 상처가 쑤셨다.

"최근에는 유럽에서까지 사건 의뢰가 오네."

잠시 후 낡은 파이프에 담배를 채워 넣으며 홈즈가 말했다.

"지난주에는 프랑소와 르 빌라르가 내게 조언을 구하러왔더군. 자네도 그들이 누군지 알 걸세. 최근 프랑스 탐정계에서 꽤 두각을 나타내고 있는 인물이지. 그 친구는 켈트인 특유의 기민한 직관력은 지녔지만, 그런 재능을 최대한 활용하려면 다방면에 걸친 정확한 지식이 필요한데 그게 부족하더군. 그 친구가 맡은 사건은 유언과 관련한 것이었는데 흥미로운 점이 몇 가지 있었네. 그래서 유사한 사건 두 개, 그러니까 1857년 리가에서 발생한 사건과 1871년 세인트루이스에서 일어난 사건을 참고하라고 일러주었네. 그랬더니 빌라르가 사건을 해결한 모양일세. 여기 오늘 아침에 받은 편지가 있네. 내 도움에 감사한다고 써보냈더군."

그러면서 홈즈는 구깃구깃해진 외국산 편지지 한 장을 내게 건넸다. 편지를 흘긋 읽어보니 아낌없는 찬사로 넘쳐나고 있었다. '비길 데 없는', '거장의 솜씨', '비범한 재주' 같이 찬사란 찬사는 죄다 늘어놓은 것을 보니, 빌라르라는 프랑스 사람이 홈즈에게 얼마나 찬탄해 마지 않는지 알 수 있었다.

"마치 학생이 선생님한테 쓴 편지 같군."

내가 이렇게 비꼬았다.

"맞아, 빌라르는 내 도움을 너무나 높이 평가하고 있다네."

홈즈가 유쾌하게 내 말을 받았다.

"그 사람도 재능이 상당해. 관찰력과 추리력이 빼어난 것이 이상적인 탐정이 갖춰야 할 자질 세 가지 중 둘을 갖췄더군. 폭넓은 지식만 쌓는다면 그만이겠어. 그런데 머지않아 그렇게 될 거 같네. 빌라르 그 사람, 지금 내 하찮은 글을 불어로 번역 중이거든."

"자네 글이라고?"

"어, 모르고 있었나?"

홈즈가 껄껄 웃으며 말했다.

"그렇다네, 부끄럽지만 연구논문을 몇 편 썼지. 모두 전문적인 주제를 다루고 있다네. 여기 '각종 담뱃재의 식별에 대한 연구'라는 논문이 있네. 나는 이 글에서 시가, 담배, 파이프에 넣어 피우는 가루 형태의 담배 등 총 140여 종이나 되는 담배를 하나하나 열거하며 색판을 이용해 각각의 담뱃재가 나타내는 차이를 설명했네. 담뱃재는 형사 재판에서 빈번하게 등장하는 증거물일세. 가끔 범죄해결에 결정적인 증거가 될 때도 있지. 이를테면 살인범이 인도산 룬카를 피우는 남자라고 단정지을 수 있다면 당연히 수사범위가 좁혀질 걸세. 전문가는 트리치노폴리의 검은색 재와 솜털처럼 부드러운 설앵초(담배의 일종) 재를 양배추와 감자만큼이나 뚜렷하게 구분할 수 있다네."

"자넨 사소한 것에서 단서를 찾아내는 데 천부적인 재능이 있군."

나는 감탄하고 말았다.

"사소한 것이라고 소홀히 다뤄서는 안 되지. 여길 보게. 발자국 추적을 다룬 논문일세. 발자국을 보존하기 위해 석고를 사용하는 방법에 대한 언급이 있지. 여기 또 하나 흥미 있는 연구가 있는데 직업이 손 모양에 미치는 영향을 다룬 거라네. 슬레이트공과 뱃사람, 코르크 자르는 사람과 식자공, 방직공과 다이아몬드 연마공의 손 모양을 그린 도판을 실어놓았지. 과학적인 수사에 실질적으로 꽤 큰 도움이 된다네. 특히 연고자가 나타나지 않는 사체의 신원을 확인하거나 범인의 전과를 조회하는 데 유용하지. 그런데 내 취미를 세세히 다 들어주느라 자네 지루하겠는걸."

"천만에, 오히려 아주 흥미롭게 들었네."

내 말은 진심이었다.

"무엇보다 자네가 그것을 실제 사건 현장에서 응용하는 걸 직접 지켜본 뒤라 더욱 재미있었네. 그런데 자네 방금 관찰과 추리라는 말을 했는데, 관찰과 추리 사이에 어느 정도 공통분모가 있지 않은가?"

"아니, 그렇지 않네."

이렇게 말하며 홈즈는 안락의자 등받이에 몸을 기대고 담배를 한 모금 빨아들여 굵고 파란 동그라미를 불어 올렸다.

"예를 하나 들어봄세. 나는 관찰을 통해 오늘 아침 자네가 윅모어 가에 있는 우체국에 다녀온 사실을 알고 있네. 하지만 자네가 우체국에서 전보를 쳤다는 사실은 추리를 통해 알았지."

"그래! 우체국에 가서 전보를 쳤네! 헌데 자네가 그걸 어떻게 알았지? 갑자기 생각이 나서 한 일이라 아무한테도 얘기하지 않았는데."

"그건 단순한 추리라네."

홈즈는 놀라는 나를 재미있다는 듯이 바라보며 설명을 시작했다.

"너무 단순해서 설명할 필요도 없는 이야기지. 하지만 관찰과 추리의 경계를 명확히 하는 데 도움이 될지도 모르니 들려주겠네. 우선 나는 관찰을 통해 자네 구두코에 불그스름한 진흙이 묻어 있는 걸 알았네. 지금 윅모어 가에 있는 우체국 앞의 도로는 한참 공사 중이라 흙이 파헤쳐져 있네. 당연히 쌓인 흙더미를 밟지 않고는 우체국에 들어갈 수가 없지. 그런데 내가 알기로 붉은 빛이 도는 독특한 흙은 거기 말고 다른 곳에서는 찾아볼 수 없네. 여기까지가 관찰로 얻은 것일세. 나머지는 추리의 몫이지."

"그럼 내가 전보를 쳤다는 것은 어떻게 추리했나?"

"오전 내내 자네와 마주앉아 있었지만 난 자네가 편지 쓰는 것을 보지 못 했네. 거기에다 열려 있는 책상 서랍 속을 보니 우표와 두툼한 엽서 꾸러미가 그대로 있더군. 그렇다면 자네가 우체국을 무슨 이유로 갔을까? 전보를 치러 간 게 아니라면 다른 이유는 없지 않나? 가능성이 없는 요인들을 하나하나 제외하다보면 마지막으로 남는 것이 하나 있지. 그게 바로 진실이라네."

나는 잠시 생각을 한 다음 이렇게 응수했다.

"이번 경우는 자네 논리가 딱 들어맞았군. 그렇지만 자네 말대로 이건 단순하기 짝이 없는 추리였네. 만약 내가 자네 이론을 좀더 엄격하게 시험해보겠다면 기분이 나쁜가?"

"무슨 소리! 대환영일세. 덕분에 코카인 주사 한 대 아껴보세. 어떤 문제라도 좋아. 내 기꺼이 머리를 짜내서 자네를 두 손 들게 하고 말 테니."

"언젠가 자네가 이렇게 말한 적이 있네. 사람이 어떤 물건을 매일 같이 쓰다보면 그 사람만의 독특한 특징을 남기게 되어, 전문가가 보면 그것을 읽어낼 수 있다고 말일세. 자, 여기

최근 내 수중에 들어온 시계가 하나 있네. 이 시계의 전 주인에게 어떤 성격과 습관이 있었는지 한번 들려줄 수 있겠나?"

홈즈에게 시계를 건네주며 나는 속으로 조금 유쾌했다. 홈즈가 이 시험을 통과하지 못하리라고 생각했기 때문이다. 이 시험에는 때때로 보이는 홈즈의 독선적인 태도에 일침을 가하려는 의도가 다분했다.

홈즈는 시계를 손에 들고 무게를 가늠해보고, 문자판을 뚫어져라 쳐다보았다. 그런 다음 시계 뒷면의 뚜껑을 열고 처음에는 맨눈으로, 다음에는 성능 좋은 확대경을 가지고 내부장치를 자세히 살펴보았다. 난 홈즈가 시계 케이스를 탁 닫아 내게 다시 돌려줄 때 시무룩한 얼굴표정을 보고는 고소를 금치 못했다.

"얻을 만한 정보가 별로 없군."

시계를 살펴보고 난 홈즈의 첫마디였다.

"최근에 소제를 한 모양인데, 덕분에 단서가 될 만한 아주 중요한 흔적들이 지워져버렸군."

"자네가 잘 봤네. 시계는 말끔히 청소된 상태로 내 손에 들어왔네."

나는 홈즈가 아무 단서도 찾아내지 못하고는 설득력 없는 변명만 늘어놓고 있다고 생각했다. 그럼, 청소하지 않은 시계였다면 무슨 단서라도 찾아낼 수 있었단 말인가?

"만족스럽지는 않지만 그렇다고 전혀 소득이 없었던 것은 아니네."

홈즈는 꿈을 꾸듯 몽롱한 눈으로 천장을 바라보며 이렇게 말을 이었다.

"틀린 부분이 있으면 바로잡아 주게. 시계는 자네 큰형님이 지니고 있던 것이네. 형님은 그걸 자네 부친에게서 물려받았고."

"분명 시계 뒤쪽에 새겨진 머리글자 'H. W.'를 보고 추측했겠지?"

"바로 맞혔네. W는 자네 성의 머리글자니까. 시계에 맞춰진 날짜가 거의 50년 전이더군. 그러니 그 머리글자도 시계만큼이나 오래 되었겠지. 이런 사실을 종합해보면 이 시계는 자네 부친께서 구입하신 거라는 결론이 나오네. 그런데 그런 값비싼 물건은 맏아들에게 물려주는 게 보통이지. 그러니 그 물건을 상속받은 이가 당사자의 아버지와 동일한 이름일 가능성이 다분하네. 내 기억이 맞는다면, 자네 부친은 오래 전에 돌아가셨네. 그러니 그 동안 이 시계는 자네 큰형 손에 있었겠지."

"아직까지는 정확하네. 또 다른 건?"

"자네 형님은 침착하지 못하고 덜렁대는 분이셨네. 다시 말해 야무지지 못하고 조심성이 없으셨지. 부친이 돌아가실 때 상당한 재산을 물려받아 전도가 유망했지만, 좋은 기회들을 다 날려버리고 오랫동안 궁하게 사셨네. 이따금씩 형편이 나아진 때도 있었지만 또다시 습관적으로 술에 손을 댔고, 결국 그러다가 돌아가시고 말았지. 이게 내가 그 시계를 관찰하고 얻은 전부라네."

나는 의자에서 벌떡 일어났다. 그리고 언짢은 기분과 분노를 삭이느라 식식거리면서 아픈 다리를 절룩이며 방안을 왔다갔다했다.

"홈즈, 자네가 이럴 줄은 몰랐네. 자네가 이렇게까지 야비해졌다니 믿을 수가 없군. 자넨 내 불행한 형의 사연을 조사를 통해 미리 알고 있었네. 그래놓고는 지금 무슨 기발한 방법으로 그 사실을 추리해낸 것처럼 구는군. 자네가 이 낡은 시계를 보고 그 모든 사실을 알아냈다는 말을 지금 나보고 믿으란 말인가? 자네 언사는 몰인정하기 짝이 없어. 솔직히 말해 이것은 속임수가 아닌가?"

내가 이렇게 분개하자 홈즈가 달래듯 부드럽게 이야기하기 시작했다.

"왓슨, 부디 내 사과를 받아주게. 문제를 푸는 데 골몰하다보니 그 일이 자네한테 얼마나 고통스런 기억인지 그만 잊고 있었네. 하지만 내 분명히 말하지만 자네가 그 시계를 넘겨줄 때까지 난 자네에게 형님이 있었다는 사실조차 몰랐네."

"그렇다면 자넨 어떻게 이런 사실들을 알아냈나? 놀랍게도 자네가 말한 사실들은 세세한 부분까지 정확히 들어맞네."

"아, 그건 운이 좋았을 뿐이라네. 난 여러 가능성 중에서 가능성이 가장 큰 것을 말했을 뿐이라네. 그렇게 완벽하게 들어맞으리라고는 상상도 못했네."

"그러면 단순한 추측이 아니었단 말인가?"

"아니, 아니. 난 추측 같은 건 절대 하지 않네. 추측은 논리적인 사고능력을 저해하는 치명적인 습관이라네. 자네가 의아해하는 것은 내 사고 과정을 따라오지 못했거나, 아니면 추리의 중요한 단서가 될 수도 있는 조그만 사실을 간과했기 때문일 걸세. 예를 들어보지. 나는 처음에 자네 형님이 부주의한 사람이라고 말했네. 시계 케이스 아래쪽을 잘 보게. 두 군데가 움푹 들어가 있고 또 여기저기 긁힌 자국이 있을 걸세. 그건 시계를 동전이나 열쇠 같은 딱딱한 물건들과 한 주머니에 넣고 다닌 습관 때문이지. 50기니나 하는 시계를 그렇게 아무렇게나 다루는 사람이라면 그가 부주의하다고 추리하는 것은 그리 대단한 재주가 아니네. 그리고 그렇게 값나가는 물건을 유산으로 물려받은 사람이라면 상당한 재산을 상속받았을 거라고 생각하는 것 역시 굉장한 추리는 아니지."

나는 홈즈의 추론에 동감한다는 표시로 고개를 끄덕였다.

"영국 전당포 주인들은 시계를 담보로 맡으면 핀으로 시계 케이스 안쪽을 긁어서 전당표 번호를 표시하는 습관이 있다네. 번호를 잊어버리거나 뒤바뀔 염려가 없기 때문에 꼬리표를 다는 것보다 훨씬 편리하거든. 이 시계 케이스 안쪽을 확대경으로 살펴보니 그런 번호가 네 개나 있었네. 여기서 두 가지 추리가 성립되네. 하나, 자네 형님은 궁색한 처지에 빠졌을 때가 종종 있었네. 추리 둘, 하지만 이따금씩 형편이 좋아질 때도 있었지. 그렇지 않았다면 전당포에 맡긴 시계를 도로 찾아올 수 없었을 테니까. 끝으로 시계 안쪽 판을 좀 들여다보게나. 거기 태엽 감는 구멍 근처 말일세. 어떤가? 구멍 둘레가 온통 긁힌 자국 천지지? 열쇠에 긁힌 흔적이라네. 맑은 정신을 지닌 사람이라면 태엽을 감는 구멍에 그렇게 많은 흠을 냈겠나? 술꾼의 시계에는 대부분 그렇게 긁힌 자국이 있기 마련이라네. 밤에 술에 취해 떨리는 손으로 태엽을 감다가 그런 자국을 남기는 거지. 내 설명 중에 아직도 납득이 가지 않는 부분이 있나?"

"아니, 아주 명쾌하게 이해가 가네. 내가 자네를 잘못 봤네. 자네의 놀라운 추리능력을 좀더 믿었어야 했는데 정말 미안하네. 그건 그렇고 자네 지금 조사 중인 사건은 없나?"

"한 건도 없네. 그러니 코카인을 맞는 게 아닌가. 난 머리를 쓰지 않고는 못 산다네. 그것 외에 살아야 할 다른 이유라도 어디 있는가? 여기 창가에 와 서보게. 이렇게 황량하고, 음울하고, 재미 없는 세상이 또 어디 있겠나. 자, 와서 보게. 누런 안개가 거리로 내려앉아 칙칙한 집들 사이를 떠도는 걸 보게

나. 저보다 더 삭막하고 쓸쓸한 풍경이 어디 있겠나? 왓슨, 능력을 발휘할 무대가 없는 데 능력이 있다는 게 무슨 소용이 있지? 범죄가 평범하니 사는 것도 평범하네. 이처럼 평범한 세상에는 재능이 있어봤자 아무 소용없네."

내가 홈즈의 어처구니없는 장광설에 대꾸를 하려던 참에, 누군가 문을 똑똑 두드렸다. 허드슨 부인은 명함이 담긴 놋 쟁반을 들고 방으로 들어와서 홈즈에게 말했다.

"젊은 숙녀 분이 선생님을 뵙겠다고 하는데요."

홈즈가 종이에 적힌 이름을 읽었다.

"메리 모스턴이라……. 흠! 기억에 없는 이름인데. 허드슨 부인, 숙녀 분에게 올라오라 일러주시지요. 왓슨, 나가지 않아도 되네. 그냥 옆에 있어 주게."

사건 진술

　방안으로 또박또박 걸어 들어온 메리 모스턴은 자그마하고 날씬한 금발의 아가씨였다. 장갑까지 곱게 갖춰 낀 옷차림이 나무랄 데 없는 취향을 자랑하고 있었지만 옷 자체는 수수하고 검소한 것이 경제적으로 그리 넉넉해보이지는 않았다. 잿빛에 가까운 베이지색 드레스는 별다른 장식이 없고 단 끝에 장식 천을 두르지도 않았다. 머리에는 옷 색깔과 같은 빛깔의 작은 모자를 쓰고 있었는데 모자 옆에 살짝 꽂힌 흰색 깃털이 그나마 눈에 띄는 정도였다.

　그녀의 얼굴 생김새는 이목구비가 완벽하게 균형 잡힌 미인형이거나 그렇다고 피부결이 고운 것도 아니었다. 하지만 표정은 더없이 사랑스럽고 붙임성 있어 보였으며 보기 드물게 고결해보이는 크고 파란 눈이 마음을 끌었다.

나는 세 대륙에 걸쳐 수많은 나라를 여행하며 많은 여성을 만나보았지만, 세련되고 감수성 넘치는 성품이 그렇게 온전히 드러난 얼굴은 처음이었다. 홈즈가 권한 자리에 앉을 때 모스턴의 입술과 손이 가볍게 떨리고 있는 걸 보니 내적 동요가 심한 게 분명했다.

"홈즈 선생님."

모스턴이 입을 열었다.

"언제가 선생님이 제가 모시고 있는 세실 포레스터 부인 댁의 집안 문제를 명쾌히 해결해주셨다는 얘기를 듣고 이렇게 찾아뵙게 되었습니다. 포레스터 부인은 선생님의 배려와 훌륭한 솜씨에 무척 감명을 받으셨더군요."

"세실 포레스터 부인이라……."

홈즈는 그 이름을 반복해 말하며 기억을 더듬었다.

"전에 그 부인을 도와드린 것 같기도 합니다만, 제 기억으로는 아주 단순한 사건이었지요."

"포레스터 부인은 그렇게 생각지 않으세요. 그러나 제게 일어난 사건은 간단하다고 말씀하실 수 없을 거예요. 지금 제가 처한 상황보다 괴상하고 이해할 수 없는 일이 있다고는 생각하기 힘들 정도니까요."

홈즈는 두 손을 맞비비며 호기심으로 눈을 반짝였다. 선 굵고 매처럼 날카롭게 보이는 얼굴에 비상한 집중력을 드러내며

미국판 삽화, 작가미상 (1904년)

홈즈는 몸을 앞으로 기울였다.

"무슨 일인지 말씀해보십시오."

홈즈가 활기 넘치고 사무적인 어조로 말했다.

나는 그 자리에 함께 있는 것이 어색해서 엉거주춤하게 일어서며 말했다.

"아무래도 난 일어나야겠네."

그런데 뜻밖에도 메리 모스턴이 장갑 낀 손을 들어올려 나를 말렸다. 그리고는 이렇게 말하는 것이었다.

"친구 분도 함께 들어주시면 감사하겠어요."

이 말에 나는 다시 의자에 앉았다. 모스턴이 말을 이었다.

"간략하게 말씀드리면 이렇습니다. 제 아버지는 인도 봄베이에 주둔하고 있는 한 부대의 장교이셨는데, 제가 아주 어렸을 때 저를 영국으로 보내셨어요. 어머니는 일찍 돌아가셨고 영국에 친척도 없었지만, 에딘버러에 좋은 기숙시설이 있어서 저는 17세까지 기숙사에서 지냈습니다. 1878년 연대의 선임 대위이셨던 아버지는 1년 간의 휴가를 얻어 영국으로 돌아오시게 되었습니다. 아버지는 런던에 무사히 도착했으니 당신이 묵고 있는 랭햄 호텔로 당장 오라는 전보를 보내셨지요. 제 기억으로 아버지가 보내신 전보는 애정과 사랑이 듬뿍 담겨 있었습니다. 저는 런던에 도착하자마자 바로 랭햄 호텔로 달려갔죠. 그런데 호텔 지배인 말이 모스턴 대위란 분이 호텔에 여장을 푼 것은 사실이지만, 전날 밤에 외출한 뒤 돌아오지 않고 있다고 하더군요. 저는 꼬박 하루를 기다렸지만 아버지로부터 어떤 소식도 오지 않았어요. 결국 저는 그날 밤, 호텔 지배인의 충고를 받아들여 경찰에 아버지의 행방불명 사실을 알렸고, 다음 날 아침 신문이란 신문에는 모두 사람을 찾는다는 광고를 냈어요. 하지만 애쓴 보람도 없이 아버지한테서는 아무 연락도 없었습니다. 그리고 그 날부터 오늘까지 제 불쌍한 아버지의 소식은 한 번도 듣지 못했습니다. 당시 아버지는 모처럼 평화롭고 안락한 시간을 보내리라는 희망에 부풀어 계셨지요. 그런데 그런 행복을 누리시는 것은 고사하고……."

메리 모스턴은 손을 목에다 댄 채, 흐느낌으로 목이 메어 말을 잇지 못했다.

홈즈가 수첩을 열면서 물었다.

"그게 정확히 언제였습니까?"

"아버지는 1878년 12월 3일에 행방불명되셨습니다. 벌써 10년이 다 되어가네요."

"부친의 짐은 어떻게 됐죠?"

"호텔에 그대로 있었습니다. 짐 속에서는 아무 단서도 발견되지 않았습니다. 옷가지와 책 몇 권하고, 안다만 섬에서 가져온 진기한 물건이 상당수 있었지요. 아버지는 그곳 죄수 수용소의 경비대 장교로 근무하셨거든요."

"런던에 부친이 아는 사람이 있었습니까?"

"딱 한 분 계시긴 했죠. 숄토 소령님이라고, 아버지가 지휘하셨던 봄베이 주둔 제34보병연대의 소령이셨어요. 숄토 소령님은 아버지보다 조금 일찍 은퇴하셔서 어퍼 노우드에 살고 계셨습니다. 물론 그분에게도 연락을 드렸는데, 아버지가 영국으로 돌아오셨다는 사실조차 모르고 계시더라구요."

"무슨 이상한 사건 같은 건 없었습니까?"

홈즈가 물었다.

"그렇지 않아도 말씀드리려고 했어요. 6년 전쯤, 정확히 1882년 5월 4일자 〈타임〉 지에 제 주소를 찾는다는 광고가 실렸는데, 제게 이로운 일일 테니 주소를 가르쳐달라고 쓰여 있더군요. 하지만 광고를 낸 사람의 이름이나 주소는 올라와 있지 않았구요. 당시는 제가 세실 포레스터 부인 댁에 가정교사로 막 들어가 살기 시작할 무렵이었는데, 저는 포레스터 부인의 권유에 따라 광고란에 제 주소를 실었습니다. 광고가 나간 날, 제 앞으로 작은 소포가 배달되었습니다. 열어보니 아주 큼직하고 영롱한 진주가 들어있더군요. 하지만 그게 다였어요. 누가, 왜 진주를 보냈는지를 밝히는 편지 같은 건 들어 있지 않았습니다. 그 이후로 해마다 같은 날에 비슷한 진주가 담긴 소포가 배달됐지요. 하지만 보낸 사람이 누군지 가늠할 만한 단서는 전혀 없었습니다. 보석 전문가들에게 감정을 의뢰했더니 그 진주는 희귀한 것으로 상당히 값진 보석이라고 하더군요. 여기 가지고 왔으니 한번 보세요. 일반인이 보기에도 상당히 좋은 보석이라는 걸 알 수 있을 거예요."

메리 모스턴은 납작한 상자를 열고 휘황찬란한 진주 6개를 보여주었다.

"무척 흥미로운 이야기로군요. 그밖에 다른 일은 없었습니까?"

"바로 오늘 있었습니다. 제가 선생님을 찾아온 이유도 그 때문이죠. 오늘 아침에 이런 편지를 받았는데 한번 읽어보세요."

"고맙습니다."

홈즈가 편지를 받아들었다.

"봉투도 함께 보여주시죠. 7월 7일자 런던 남서지국 소인이 찍혔군요. 흠! 귀퉁이에 남자의 엄지손가락 자국이 있는데, 우편배달부가 남긴 것 같군요. 최고급 편지지에 한 묶음에 6펜스나 하는 편지봉투라…… 문구를 고르는 취향이 꽤 까다로운 사람같군요. 주소는 쓰여 있지 않고, '오늘 저녁 7시 정각에 라이시엄 극장 밖, 왼쪽에서 세 번째 기둥에서 기다리겠습니다. 의심스러우시면 친구 두 분과 함께 와도 좋습니다. 그동안 아가씨가 부당하게 받은 피해에 대해 공정하게 보상해드리겠습니다. 단, 경찰은 부르지 마십시오. 그렇게 되면 모든 일이 수포로 돌아갑니다. 미지의 친구로부터'라고 쓰여 있군요. 정말 흥미 있는 미스터리인데요. 모스턴 양, 어떻게 할 생각입니까?"

"제가 묻고 싶은 점이 바로 그거에요."

"그럼 제가 모스턴 양과 같이 나가면 되겠군요. 아, 그리고 편지 보낸 사람이 친구 두 명과 같이 와도 된다고 했으니 왓슨 박사도 함께 가면 되겠군요. 왓슨 박사와 나는 전에도 같이 일한 적이 있습니다."

"그런데, 박사님이 같이 가주실 수 있으신가요?"

그녀는 애원하는 목소리로 왓슨을 바라보았다.

"모스턴 양에게 도움이 된다면야 저로서는 기쁘고 영광이죠."

나는 열정적으로 답했다.

"두 분 모두 너무 친절하시군요. 저는 그간 은둔 생활을 하다시피 해서 이처럼 어려운 부탁을 할 만한 친구가 없답니다. 그럼 제가 6시에 여기로 오면 될까요?"

"시간 맞춰 오십시오. 그런데 확인할 증거가 하나 더 있군요. 이 편지의 필체가 진주를 보낸 소포에 쓰인 주소의 글씨체와 같습니까?"

"그것도 여기 가져왔어요."

메리 모스턴이 종이 6장을 홈즈에게 내밀었다.

"당신은 탐정에겐 더 이상 바랄 게 없는 아주 모범적인 의뢰인이군요. 참으로 바른 직관을 지녔습니다. 자, 어디 한번 볼까요."

홈즈는 메리 모스턴에게 받은 종이쪽지들을 탁자 위에 펼쳐 놓고, 눈을 부지런히 움직이며 살펴보았다.

"편지글을 빼고는 필체를 숨기려고 글씨를 일부러 꾸며 썼군요. 하지만 두 필체가 같은 사람 것이라는 사실을 확인하기는 그리 어렵지 않습니다. 그리스 문자 e를 보면 알겠네요. 그리고 보다시피 단어 끝에 오는 s자를 휘갈겨 쓴 것도 똑같지 않습니까? 소포의 주소와 이 편지를 쓴 사람은 같은 사람이 틀림없습니다. 모스턴 양, 혹시 이 필체가 부친의 필체와 조금이라도 비슷합니까?"

"아뇨, 전혀 다릅니다."

"그럴 줄 알았습니다. 그럼 6시에 기다리겠습니다. 그런데 이것들을 제가 보관하고 있어도 되겠습니까? 이제 겨우 3시 반이니, 약속시간 전까지 문제를 좀더 조사해보고 싶군요. 그럼, 6시에 뵙겠습니다."

"예, 그럼 그때 뵐게요."

메리 모스턴은 밝고 상냥한 눈길로 홈즈와 나를 번갈아 보며 인사를 하고는 진주 상자를 품에 넣고 서둘러 방을 나갔다. 나는 창가에 서서 메리 모스턴이 경쾌하게 거리를 내려가 그 모습이 완전히 사라질 때까지 계속 지켜보았다.

"무척 매력적인 아가씬데!"

나는 홈즈 쪽으로 몸을 돌리며 이렇게 탄성을 발했다.

홈즈는 다시 파이프에 불을 붙이고는 눈꺼풀을 내리깔고 의자 등받이에 몸을 기댔다.

"그런가?"

홈즈는 무심하게 대꾸를 했다.

"난 자세히 못 봐서 말일세."

"자넬 보면 그야말로 기계가 따로 없다니까, 자동 계산기!"

나는 그만 소리를 버럭 지르고 말았다.

"가끔 보면 자네에게는 확실히 비인간적인 구석이 있어."

홈즈가 부드럽게 웃었다.

"사람을 볼 때 가장 중요한 건 겉모습에 좌우되지 않고 판단하는 것이네. 내게 의뢰인은 말 그대로 의뢰인일 뿐이야. 사건을 구성하는 한 단위, 하나의 요소에 지나지 않는다는 말일세. 상대에게 좋든 싫든 어떤 감정을 품으면 명쾌한 추리를 할 수 없지. 내가 이제까지 알고 있는 가장 매력적인 여성은 보험금을 타내려고 세 아이를 독살해서 교수형을 받았네. 그리고 내가 아는 사람 중에서 인상이 제일 험상궂은 남자는 런던 빈민들을 위해 25만 파운드에 가까운 돈을 쾌척한 자선사업가라네."

"하지만 이 사건의 경우엔……."

"난 결코 예외를 인정하지 않네. 예외를 두다가는 원칙이란 게 유명무실해지거든. 그건 그렇고 자네 사람 성격이 어떻게 필체에 나타나는지 눈여겨본 적 있나? 자넨 이 필체를 어떻게 생각하나?"

"또박또박하게 써서 잘 읽히는군. 사업가의 글씨 같기도 하고 개성 강한 사람의 글씨 같기고 하고."

홈즈는 고개를 저었다.

"이 친구가 쓴 긴 글자들을 보게. 여느 글자들하고 별 차이가 나질 않네. d가 a같고, l이 e같이 보이잖나. 하지만 개성이 강한 사람은 아무리 글씨를 휘갈겨 써도 긴 글자와 짧은 글자가 서로 구분이 가도록 쓴다네. 이 친구가 쓴 k자에서는 마음의 동요가, 대문자에서는 자만심이 느껴지는군. 난 그만 나가봐야 겠네. 참고할 책이 좀 있어서 말일세. 자네 이 책 한번 읽어보겠나? 윈우드 리드가 쓴 『인류의 수난』인데 이만큼 훌륭한 책도 드물 걸. 한 시간 내로 돌아오겠네."

나는 홈즈가 추천한 책을 손에 들고 창가에 앉았다. 하지만 마음은 온통 조금 전 다녀간 메리 모스턴에게 쏠려 있어 리드의 대범한 사상이 들어올 틈이 없었다. 그 미소하며 깊고 풍부한 음색, 그녀의 인생을 온통 뒤덮고 있는 기묘한 사건들. 부친이 행방불명된 당시 17세였다면 이제 27세이리라. 어린 아가씨들의 수줍음을 천천히 벗고 세상 경험을 쌓아, 이제는 어느 정도 균형 잡힌 사고를 할 수 있는 매력적인 나이다.

창가에 앉아 잠시 몽상에 잠겨 있던 나는 이런 위험천만한 생각이 들자 서둘러 책상으로 달려가 병리학에 대한 마지막

논문에 미친 듯이 매달렸다. 다리도 성치 못하고 돈도 없는 군의관 주제에 감히 그런 생각을 하다니……. 메리 모스턴은 사건의 구성 단위이자 부속 요소로, 그 이상도 그 이하도 아니다. 내 미래가 어둡다면 허무맹랑한 상상으로 잠시 그 어둠을 밝히려고 애쓰기보다는 남자답게 그 운명을 받아들이는 편이 나으리라.

실마리를 찾아서

홈즈는 5시 반쯤, 밝고 열정적이며 기분이 무척이나 좋아보이는 얼굴로 돌아왔다. 홈즈의 경우 이렇게 고양된 상태가 아주 지독한 우울증의 발작과 번갈아 나타나곤 했다.

"이 사건에 그리 엄청난 수수께끼가 있는 것 같지는 않더군."

내가 따라 준 찻잔을 들며 홈즈가 입을 열었다.

"이미 밝혀진 사실들을 종합해보면 답은 한 가지밖에 없는 것 같네."

"뭐라고! 그럼 벌써 문제를 다 풀었단 말인가?"

"글쎄, 그렇게 말하기에는 좀 이르지만 사건 해결에 열쇠가 될 만한 사실을 찾아내긴 했네. 그게 전부야. 하지만 아주 많은 걸 암시하고 있지. 세세한 내용이야 앞으로 밝혀가면 되네. 방금 참고삼아 지난 〈타임〉 지 신문철을 뒤져봤는데 한 가지 사실을 발견했다네. 봄베이 주둔 제34보병연대 숄토 소령은 1882년 4월 28일에 사망했네."

"내 머리가 둔해서 그런지 그 일이 사건 해결과 대체 무슨 연관이 있다는 건지 이해가 잘 안 가는데."

"이해가 안 간다고? 정말인가, 자네? 그럼 이렇게 정리해보세. 모스턴 대위가 행방불명이 되었네. 런던에서 대위가 찾아갈 만한 사람이라고는 숄토 소령뿐이네. 그런데 숄토 소령은 모스턴 대위가 런던에 온 사실을 전혀 몰랐다고 진술했고, 그로부터 4년 뒤 사망했네. 그런데 숄토 소령이 사망하고 일주일도 채 지나지 않아 모스턴 대위의 딸에게 값비싼 선물이 배달되었네. 그 후로 모스턴은 해마다 똑같은 선물을 받았고, 그러다가 오늘 자신이 부당하게 피해를 받고 있다는 내용의 편지를 받았네. 아버지를 잃은 것말고 메리 모스턴이 부당하게 받은 피해라는 게 뭘까? 그리고 무슨 이유로 숄토가 사망한 직후부터 선물이 배달되기 시작했을까? 이건 숄토의 상속자가 이 사건에 얽힌 수수께끼에 대해 뭔가를 알고서 보상하길 원한다는 말이 아닐까? 왓슨, 혹시 이 의문들을 시원하게 설명할 만한 다른 생각 없나?"

"보상치고는 별 희한한 보상도 다 있군! 보상하는 방법은 또 어떻고! 게다가 그 작자는 왜 6년 전이 아니라 이제 와서 편지를 보내는 거지? 편지에는 피해에 대해 공정하게 보상해준다 어쩐다고 써 있었는데, 대체 어떤 보상을 해준다는 말이야? 메리 모스턴의 아버지가 아직 살아있다고 생각하는 건 지나친 비약이겠지. 또한, 우리가 알고 있는 한 메리 모스턴의 아버지가 행방불명된 사실을 빼고는 그녀가 부당하게 피해 를 받은 일이 없는 것 같으니 말일세."

"어렵군, 정말 어려운 문제야."

홈즈가 생각에 골똘히 잠긴 채 이렇게 말했다.

"하지만 오늘 밤이 되면 모든 수수께끼가 풀릴 걸세. 아, 모스턴을 태운 마차가 도착했군. 준비됐나? 그럼 내려가세. 약속 시간이 좀 지났다네."

내가 모자와 묵직한 지팡이를 집어들며 보니 홈즈가 서랍에서 권총을 꺼내 주머니에 집어넣었다. 홈즈는 오늘 밤 일이 심각해질 수도 있다고 여기는 게 분명했다.

메리 모스턴은 검은 망토로 몸을 감싸고 있었다. 예민한 얼굴은 차분해보였지만 창백했다. 그녀는 젊은 아가씨니 곧 마주하게 될 이상한 일들을 생각하면 불안하지 않은 게 오히려 이상할 것이다. 하지만 모스턴은 대단한 자제심을 보이며 홈즈의 질문에 또박또박 대답을 했다.

"숄토 소령님은 아버지에겐 아주 특별한 친구셨어요. 아버지는 편지에서 소령님 얘길 많이 하셨지요. 두 분은 안다만 제도에서 같은 부대에 계시다보니 당연히 함께 지내시는 시간이

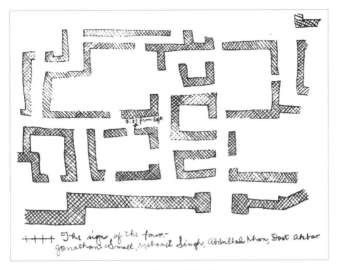

네 개의 기호가 표시된 도면

많았죠. 참, 아버지 유품 속에 도무지 뭔지 모를 이상한 종이
가 있었어요. 그렇게 중요한 것 같지는 않지만 혹시 선생님께
서 보고 싶어 하실 지도 몰라 가져왔어요. 이거예요."

홈즈는 그 종이를 조심스럽게 펼치더니 무릎 위에 놓고 평
평하게 폈다. 그런 다음 확대경을 들이대고 구석구석 찬찬히
살펴보았다.

"종이는 인도산이고 가끔 벽 같은 데다 핀으로 꽂아 두었던
흔적이 있군요. 큰방과 회랑과 복도가 많이 딸린 커다란 건물
의 일부를 그린 도면 같습니다. 한 곳에 붉은 색 잉크로 표시
해둔 작은 십자표가 있군요. 그리고 그 십자표 위쪽에 희미한

연필글씨로 '왼쪽에서 3.37'이라고 써 있군요. 왼쪽 구석에 기묘하게 생긴 상형문자가 있는데, 마치 십자표 네 개를 나란히 한 줄로 이어놓은 모양이군요. 그 옆에 아주 심하게 갈겨쓴 글씨로 이렇게 써 있습니다. '조나단 스몰, 마호멧 싱, 압둘라 칸, 도스트 아크바르, 네 개의 기호.' 솔직히 지금으로선 이 도면과 본 사건이 어떤 관계가 있는지 모르겠군요. 하지만 이 도면이 중요한 물건인 것만은 틀림없습니다. 도면은 지갑 속에 조심스럽게 보관되어 있었군요. 보세요. 앞뒷면 모두 깨끗하지 않습니까?"

"네, 맞아요. 아버지 지갑 속에서 발견한 거예요."

"그럼 잘 간수해두십시오. 나중에 쓸모가 있을지도 모르니까. 왠지 사건이 처음 생각했던 것보다 훨씬 더 복잡하고 풀기 어려울 것 같다는 느낌이 들기 시작하는데요. 생각을 다시 해봐야 할 것 같습니다."

홈즈가 마차 등받이에 몸을 기댔다. 이마를 찡그리고, 초점 없이 멍하게 눈을 뜨고 있는 걸 보니 생각에 골몰해 있는 게 분명했다. 메리 모스턴과 나는 우리가 벌이고 있는 모험이 어떻게 끝이 날지를 두고 나직하게 이야기를 주고받았다. 하지만 우리의 동료 홈즈는 목적지에 도착할 때까지 입을 꾹 다물고 침묵을 고수했다.

9월의 어느 저녁, 7시가 채 안 된 시각이었는데도 날은 스산

하고 썰렁했다. 부슬비라도 내릴 듯한 짙은 안개가 도시 위에 낮게 깔려 있었고, 질퍽거리는 길 위로는 잿빛 구름이 처량 맞게 내려와 있었다.

안개에 쌓인 채 스트랜드 가(런던의 호텔 극장이 모여 있는 거리)를 따라 서 있는 가로등은 질척질척한 보도 위에 둥그러니 흐릿한 불빛을 던져주는 빛 덩어리로밖에 안 보였다. 상점의 유리 진열대에서 흘러나온 노란 불빛은 안개 자욱한 대기 속을 통과하여 사람들로 북적이는 큰 거리를 가로질러 이리저리 흔들리다 희미해져갔다.

이 흐릿하고 가는 빛줄기를 획획 지나쳐가는 무수한 사람들의 얼굴을 보니 마치 유령같이 으스스하고 섬뜩한 기분이 들었다. 거기에는 슬픈 얼굴이 있는 반면, 밝은 얼굴도 있고, 초췌한 얼굴이 있으면 명랑한 얼굴도 있었다. 무릇 모든 세상만사가 그렇듯 그 얼굴들도 어둠에서 빛 속으로 들어왔다가는 다시 어둠 속으로 사라져갔다.

나라는 사람은 원래 감상적인 사람이 아니다. 헌데 얼떨결에 이 음울한 밤에 기이한 일에 말려들고보니 신경은 날카로워지고 기분은 축 가라앉았다. 모스턴의 표정을 보니 나와 똑같은 감정을 겪고 있는 모양이었다. 홈즈만이 이런 사소한 감정에 구애받지 않고 초연했다. 홈즈는 무릎 위에 수첩을 펼쳐놓고 이따금씩 손전등으로 비춰가며 뭔가를 적고 있었다.

라이시엄 극장에 이르니, 이미 양쪽 출입구에는 사람들이 빽빽이 들어서 있었다. 극장 입구에는 마차들이 죽 늘어서서 레이스가 장식된 흰 셔츠를 입은 남자들과 숄을 걸치고 다이아몬드로 치장한 여자들을 내려놓느라 부산했다.

그런 북새통 속에서 편지를 보낸 사람과 만나기로 약속한 세 번째 기둥까지 애써 다가가고 있을 때, 자그마한 키에 피부색이 검어 단단해 보이는 마부차림의 남자가 다가오더니 우리에게 말을 붙였다.

"모스턴 양과 함께 오신 분들입니까?"

"제가 메리 모스턴이에요. 그리고 여기 두 신사 분은 제 친구이고요."

모스턴이 앞으로 나서며 대답했다.

남자는 아주 예리하고 미심쩍은 눈초리로 홈즈와 나를 쳐다보았다.

"용서하십시오, 아가씨. 하지만 함께 오신 두 분이 경찰이 아니라는 확답을 받아야겠습니다."

남자는 여전히 의심을 떨쳐버리지 못하겠는지 고집을 부렸다.

"그 점이라면 보증할 수 있어요."

메리 모스턴이 남자를 안심시켰다. 남자가 높고 날카롭게 휘파람을 불자 한 부랑아가 사륜마차를 끌고 와 문을 열어주

라이시엄 극장(에드거 앨런 포의 증조부 새뮤얼 아놀드 박사가 건설한 오페라 극장)

었다. 남자는 마부석에 앉았고 우리는 마차 안으로 들어갔다. 우리가 자리를 잡고 앉기가 무섭게 남자는 채찍을 휘둘러 말을 몰아댔고, 마차는 맹렬한 기세로 안개 낀 거리를 내달렸다.

상황이 묘하게 돌아가고 있었다. 우리는 무슨 일인지도 모르는 채 낯선 사람이 모는 마차를 타고 어딘가로 가고 있었다. 혹, 순전히 장난으로 우리를 초대한 건 아닐까? 아니, 이건 가당치도 않은 추측이다. 그게 아니라면 오늘 밤의 여행이 뭔가 무척 중요한 문제와 결부되어 있는 게 분명했다. 모스턴의 표정은 변함없이 결연하고 침착했다.

나는 그녀의 긴장을 풀어주려고 아프가니스탄에서 겪은 내 모험담을 들려주었다. 하지만 솔직히 말하자면 우리가 어디로 가서 어떻게 될지 궁금하기도 하고 흥분한 나머지 정작 나 자신도 이야기에 열중할 수가 없었다. 헌데 지금까지도 메리는 한밤중에 머스킷 총이 텐트 안으로 불쑥 들어오자 내가 2연발 총을 쏘았다는 흥미진진한 이야기를 해주었다며 나를 안심시켜준다.

처음엔 나도 마차가 어디를 지나가는지 대충은 알 것도 같았다. 하지만 마차가 자욱한 안개 속을 뚫고 속도를 내서 달리는 데다 런던이란 도시의 지리를 훤히 알지도 못했기 때문에 곧 방향감각을 잃어버렸다. 그저 우리가 꽤 먼 길을 가고 있다는 것 외에는 아무것도 알 수 없었다. 그러나 홈즈는 전혀 당황하지 않고 마차가 덜커덕거리며 광장을 지날 때나 꼬불꼬불한 뒷골목을 들고 날 때마다 그 이름을 나직하게 중얼거렸다.

"로체스터 가(街)로군요. 여긴 빈센트 광장이고. 곧 복스홀 브릿지로 접어들 겁니다. 서리 주(잉글랜드 남부의 한 주)로 넘어갈 모양인데, 역시 그렇군요. 지금 우리는 다리 위를 달리고 있습니다. 강이 흘러가는 게 보일 겁니다."

밖을 내다보니 정말로 강이 보였다. 넓고 잔잔한 강물 위에 비친 가로등불 덕분에 템스 강이 얼핏 보였다. 하지만 그것도 잠시, 마차는 쉬지 않고 달려 금세 다리 건너편에 미궁처럼 얽힌 거리로 접어들고 있었다.

"워즈워드 가로군요."

홈즈가 다시 중얼거리기 시작했다.

"프라이어리 가. 라크홀 로(路). 스톡웰 광장. 로버트 가. 콜드하버 로라. 아무래도 우리 목적지가 그렇게 멋진 곳은 아닐 것 같은데요."

홈즈가 예상한 대로 우리가 도착한 곳은 괴이하고 섬뜩한 기분이 드는 동네였다. 길게 늘어선 우중충한 벽돌집들은 길모퉁이 선술집에서 흘러나오는 조잡하고 번드르르한 조명 덕분에 그나마 덜 우중충해보였다. 그 옆으로는 전면에 조그만 정원 하나씩을 둔 2층짜리 가옥들이 줄지어 있었고, 이어서 새로 지은 조잡한 벽돌건물들이 끝도 없이 쭉 늘어서 있었다. 흡사 괴물 같은 대도시가 교외로 뻗친 거대한 촉수처럼 보였다. 드디어 마차가 테라스식 주택가(고지대나 언덕에 계단식으로 늘어선 집들)에 있는 세 번째 집 앞에서 멈춰 섰다. 다른 집들은 모두 사람이 살지 않는 빈집이었다. 그러나 부엌 창문에서 흘러나오는 희미한 불빛만 빼면, 어두컴컴하기로는 우리가 멈춰선 집이나 이웃한 빈집들이나 별 차이가 없었다.

문을 두드리자 하인이 즉시 문을 열어주었다. 노란색 터번을 머리에 두르고 헐렁한 흰색 옷에 노란색 끈으로 허리를 두른 인도인이었다. 그런데 이 동양 사람에게는 교외의 삼류 주택에서 문지기 노릇이나 하고 있기에는 뭔가 어울리지 않는 구석이 있었다.

"주인님이 기다리고 계십니다."

이때 안에서 날카로운 고음이 들려왔다.

"안으로 모셔라, 키트무트가. 곧장 이리로 모셔."

대머리 남자의 이야기

우리는 인도인 하인을 따라 지저분하고 아무 장식도 없이 어두컴컴하기만한 복도로 내려갔다. 인도인 하인은 복도 오른쪽에 난 문에 다가가 문을 활짝 열었다.

눈부신 노란빛이 흘러나와 우리를 비췄고 그 눈부신 빛 한가운데 체구가 자그마한 남자가 서 있었다. 머리가 심하게 벗겨진 대머리 남자였다. 머리를 빙 둘러 난 억세고 붉은 머리카락에 둘러싸여 반질반질 빛나는 대머리는 전나무 숲 위로 솟은 산봉우리처럼 보였다.

두 손을 맞잡고 비틀어대며 서 있는 남자는 금방 웃었다가 금방 찡그리는 등 잠시도 가만히 있지 않고 얼굴을 움직였다. 아랫입술은 축 쳐져서 누렇고 들쭉날쭉한 치아가 훤히 들여다보였는데, 그 때문인지 그는 연신 얼굴 아래쪽에 손을 갖다 대며 흉한 입과 이를 가리려고 애썼다.

남자는 눈에 확 띄는 대머리에도 불구하고 젊어 보였는데, 실제로 갓 서른을 넘긴 젊은이였다.

"어서 오십시오, 모스턴 양."

남자는 가는 고음으로 인사를 했다.

"어서 오십시오, 두 분 선생님. 제 서재로 드시지요. 비좁긴 합니다만 제 취향껏 꾸민 곳이지요. 남부 런던이라는 메마른 사막 한 가운데 자리한 예술의 오아시스랍니다."

남자의 안내를 받고 들어간 방을 보고 우리 세 사람 모두 입이 딱 벌어졌다. 구리반지에 최고급 다이아몬드를 박아 놓은 듯, 그 방은 이 초라한 집과는 어울리지 않게 우아하고 세련된 분위기가 흐르고 있었다.

아주 호화롭고 고급스러운 커튼과 태피스트리가 벽에 드리워져 있었고 군데군데 끈으로 동여매어 걸어놓은 곳에는 고가의 회화며 도자기가 놓여 있었다. 황색과 검은색이 섞인 카펫은 부드럽고 폭신폭신해서 마치 이끼로 만든 침대를 밟는 것처럼 촉감이 좋았다. 카펫 위에는 커다란 호랑이 가죽 두 개가 깔려 있었다. 호랑이 가죽은 방 한 구석의 받침 깔개 위에 세워둔 커다란 물담배 파이프와 함께 동양풍의 호사스런 분위기를 더욱 진하게 풍기고 있었다. 거의 보이지 않을 정도로 가는 금색 전선으로 은비둘기 형상을 본떠 만든 등이 방 한가운데에 매달려 있었는데 등불이 타오르며 은은하고 기분 좋은 향기를 방안에 퍼뜨렸다.

"저는 새디어스 숄토라고 합니다."

씰룩거리는 얼굴로 애써 미소를 지으며 남자가 자신을 소개했다.

"아가씨는 물론 메리 모스턴이시죠? 그런데 이 두 신사 분은……."

"이분은 셜록 홈즈 씨고 저분은 왓슨 박사이십니다."

"아, 의사 선생님이십니까?"

새디어스는 몹시 흥분해서는 소리쳤다.

"혹시 청진기를 갖고 계신가요? 부탁 하나 해도 될까요? 저는 심장의 승모판에 이상이 있는 것 같아 몹시 걱정하고 있었는데 한번 진찰해주실 수 있으십니까? 대동맥은 믿을 만하지만 승모판에 대해서는 의사 선생님의 전문적인 의견을 듣고 싶습니다."

나는 새디어스가 원하는 대로 그의 가슴을 진찰했다. 극도의 불안 때문에 머리부터 발끝까지 덜덜 떨고 있었던 것 외에 별다른 이상은 없었다.

"별 이상은 없어보입니다. 걱정하지 마십시오."

나는 이런 말로 새디어스를 안심시켰다.

"제 근심을 너그러이 이해해주십시오, 모스턴 양."

새디어스는 경쾌하게 말했다.

"전 몸이 아주 좋지 않습니다. 그래서 오랫동안 심장판막에 이상이 있지 않나 의심했답니다. 그런데 그게 쓸데없는 걱정이라는 말씀을 듣고 나니 너무 기쁘군요. 모스턴 양, 부친께서도 심장에 부담을 주지만 않았다면 아직 생존해 계셨을지 모릅니다."

나는 새디어스 숄토가 그런 민감한 문제를 아무렇지도 않게 태연히 입에 올리자 어찌나 화가 나던지 뺨이라도 한 대 올려붙이고 싶었다. 메리 모스턴의 얼굴은 입술까지 하얗게 질려 그 자리에 풀썩 주저앉았다.

"돌아가셨으리라 짐작은 하고 있었습니다."

모스턴이 말했다.

"제가 전부 설명해드리지요. 뿐만 아니라 정당한 보상을 받도록 해드릴 수 있습니다. 바솔로뮤 형이 뭐라고 하든 기필코 그렇게 하겠습니다. 친구 분들이 함께 와주셔서 무척 기쁩니다. 모스턴 양을 보호해주실 뿐 아니라 이제부터 제가 하는 말과 행동에 증인이 되어 주실 테니까요. 우리 세 사람이라면 바솔로뮤 형에게 담대하게 맞설 수 있을 겁니다. 경찰이나 관리 같은 외부인이 끼어들어서는 안 됩니다. 그들의 개입 없이도 우리끼리 모든 일을 만족스럽게 해결할 수 있습니다. 무엇보다 바솔로뮤 형은 사정이 공개되어 세상의 이목을 끄는 일을 싫어하기 때문이죠."

이렇게 말을 하고 난 새디어스 숄토는 낮은 의자에 기대앉아 힘없고 물기 어린 파란 눈을 깜박거리며 우리 의견을 묻는 듯이 바라보았다.

"저는 숄토 씨가 무슨 말씀을 하시든 일체 발설하지 않겠습니다."

홈즈가 먼저 다짐을 했다.

나도 고개를 끄덕여 동의를 표했다.

"좋습니다! 좋아요!"

새디어스 숄토가 호들갑스럽게 반응했다.

"모스턴 양, 이탈리아산 포도주 치안티 한 잔 드릴까요? 아니면 헝가리산 토케이 한 잔은 어떻습니까? 포도주는 그 두 가지밖에 없답니다. 한 병 딸까요? 안 하시겠다고요? 그럼 동양산 담배의 은은한 발삼향을 싫어하지는 않으시겠죠. 저는 신경이 좀 예민한 편인데, 물담배를 피워봤더니 진정효과가 그만이더군요."

그는 장미향수 속에 담배를 담아 놓은 큼직한 담배통에 양초 끝을 갖다 대어 불을 붙였다. 그러자 담배연기가 장미향수 속에서 몽글몽글 피어올랐다. 우리 세 사람은 손으로 턱을 받치고 몸을 앞으로 내민 채 반원형으로 앉아 있었다. 그리고 그 한가운데에서 몸을 실룩이는 기묘하게 생긴 작은 남자가 앉아 반질대는 대머리를 빛내며 담배를 뻐끔뻐끔 피웠다.

"모스턴 양에게 이 이야기를 전하기로 처음 마음을 먹었을 때 제 주소를 밝힐 수도 있었습니다. 하지만 모스턴 양이 제 부탁을 무시하고 반갑지 않은 사람들을 대동하고 올까봐 걱정이 되더군요. 그래서 실례를 무릅쓰고 하인 윌리엄즈가 먼저 모스턴 양을 만나보도록 한 것입니다. 저는 그 친구의 판단을 전적으로 신뢰합니다. 그래서 윌리엄즈에게 일렀죠. 낌새가 이상하거든 그 선에서 일을 마무리 짓고 그냥 돌아오라고 말이죠. 제가 이처럼 까다롭게 경계하는 것을 이해해주시기 바랍니다. 저는 조용한 생활을 좋아하는 데다 사실 취향이 세련됐다고 할 수도 있죠. 헌데 경찰만큼 미에 대한 감각이 없는 족속들도 없답니다. 저는 어떤 형태든 천박한 물질주의는 천성적으로 혐오하고, 무지한 대중과는 좀처럼 어울리지 않는답니다. 보시다시피 이렇게 우아한 분위기 속에서 살고 있지요. 스스로 이름을 붙인다면 예술의 후원자라고나 할까요. 저는 예술품이라면 사족을 못 쓴답니다. 저기 있는 풍경화는 코로(1796~1875, 프랑스의 화가로서 뛰어난 풍경화를 많이 남겼으며 빛을 처리하는 면에서 훗날 인상파화가의 선구자적인 존재임)의 진품입니다. 그리고 저기 있는 살바토르 로사(1615~1673, 이탈리아의 화가이자 동판화가로서 로맨티시즘적 풍경화의 선구자)의 작품에 대해서는 미술품 감정가들이 의혹의 눈길을 던질지 모르지만, 부그로(1825~1905, 프랑스의 화가)는 절대 그럴 수 없죠. 저는 특히 동시대의 프랑스 화가들을 좋아합니다."

이쯤해서 메리 모스턴이 입을 열었다.

"말씀 중에 죄송합니다만, 숄토 씨. 제가 여기까지 온 이유는 제게 뭔가 하실 말씀이 있다고 했기 때문이었습니다. 이미 시간이 많이 지났으니 하실 말씀이 있다면 되도록 빨리 듣고 싶군요."

"시간이 좀 걸릴 겁니다. 필히 노우드에 가서 바솔로뮤 형을 만나봐야 하니까요. 모두 가서 형의 고집을 한번 꺾어보도록 하지요. 제가 멋대로 행동을 취했다고 형은 지금 단단히 화가 나 있습니다. 지난밤에도 그 일로 심하게 말다툼을 했죠. 바솔로뮤 형이 화가 한번 났다하면 얼마나 무섭게 변하는지 여러분은 절대 상상도 못 할 겁니다."

"우리가 노우드로 가야한다면 지금 당장 출발하는 게 좋지 않을까요?"

내가 한마디 거들었다.

새디어스 숄토는 귓불이 빨개질 때까지 웃고 나서 이렇게 소리 쳤다.

"그건 좀 곤란할 것 같은데요. 제가 여러분을 이렇게 갑작스럽게 모시고 가면 형이 어떻게 나올지 모르겠군요. 그 전에 우리가 지금 어떤 상황에 처해 있는지 먼저 말씀드릴 테니 마음의 준비를 하시지요. 하지만 이번 일에 저도 모르는 점이 몇 가지 있다는 것을 유념해두십시오. 저는 제가 알고 있는 모든 사실을 여러분 앞에 털어놓겠습니다.

여러분도 짐작하셨겠지만 저희 아버지는 인도 주둔 영국육군에 근무하셨던 존 숄토 소령님입니다. 아버님은 약 11년 전에 퇴역하시고 어퍼 노우드에 있는 폰디체리 저택에 정착하셨습니다. 아버지는 인도에 계시는 동안 크게 성공을 거둬 상당한 액수의 돈과 여러 종류의 진귀한 골동품들을 수집해서 영국으로 가져오셨지요. 게다가 인도 원주민 하인들도 여럿 데려왔습니다. 아버지는 그 막대한 재산으로 집 한 채를 구입하셔서 온갖 호사를 누리며 사셨습니다. 자식이라고는 우리 쌍둥이 형제가 전부입니다.

모스턴 대위님의 실종을 둘러싸고 일었던 소동을 똑똑히 기억합니다. 우린 신문에 난 자세한 정황을 읽고 대위님이 저희 아버지의 친구였다는 사실을 알게 되었지요. 그래서 저희는 아버지 앞에서 그 사건을 두고 자유롭게 토론을 벌이곤 했습니다. 그럴 때면 아버지는 간간이 한 마디씩 당신의 의견을 말씀하시기도 했지요. 그래서 저희는 아버님이 모든 비밀을 당신 가슴속에 묻어두고 계셨다고는, 아서 모스턴 대위님이 어떻게 되셨는지 알고 있는 유일한 사람이라고는 정말이지 단 한순간도 생각해본 적이 없었습니다.

그렇지만 우리 형제는 정체를 알 수 없는 위험이 아버지를 감싸고 있다는 것을 알아챘습니다. 아버지는 혼자서 밖에 나가는 것을 무척 두려워하셔서, 전직 프로 권투선수 두 명을 경호원으로 고용하여 어디든 데리고 다니셨답니다. 오늘밤 여러분을 이리로 모셔온 윌리엄즈도 그 중 하나로, 한때 영국 라이트급 챔피언을 지내기도 했었죠. 아버지는 당신이 뭘 그리 두려워하는지 결코 말씀하지 않으셨지만, 의족을 한 남자를 지독히도 싫어하시고 경계하신 것만은 확실합니다. 한번은 의족을 한 백인남자에게 권총을 쏘신 적이 있을 정도였죠. 그런데 알고 보니 그는 의족을 파는 장사꾼일 뿐이었습니다. 우린 그 장사꾼에게 큰돈을 쥐어주고 입막음을 했답니다. 당시 형과 전 이 일을 단순히 아버지의 괴팍한 성격 때문이라고 생각했습니다. 하지만 그 뒤로도 종종 비슷한 사건이 일어나자 생각을 바꾸게 되었지요.

1882년 초, 아버지는 인도에서 날아온 편지 한 통을 받고 큰 충격을 받으셨습니다. 아침 식사 때 편지를 읽으시고는 식탁에서 혼절을 하다시피 하셨는데, 그 날부터 시름시름 앓으시더니 결국 돌아가시고 말았지요. 편지 내용이 뭐였는지 저희 형제들은 끝내 알 수 없었지만 아버지가 편지를 들고 계실 때 얼핏 본 바로는 막 휘갈겨 쓴 짧은 편지였습니다. 아버지는 수년 동안 비장비대증을 앓고 계셨는데, 그 즈음 병이 급속히 악

화됐습니다. 그 해 4월이 끝나갈 무렵, 아버지께는 더 이상 희망이 없다는 말을 의사 선생님에게 들었습니다. 그래서 아버지는 유언을 남기시려고 우리 형제를 부르셨지요.

우리가 방으로 들어가보니 아버지는 베개를 등에 받치고 기대 앉아 가쁜 숨을 몰아쉬고 계셨습니다. 저희 형제에게 문을 잠그고 침대 양 옆에 한 사람씩 앉으라고 이르시더군요. 그 후에 우리 형제의 손을 꼭 잡으시고는 아주 놀라운 이야기를 들려주셨습니다. 아버지 목소리는 고통도 고통이지만 격해진 감정 때문에 자꾸 끊어졌습니다. 되도록 아버지가 하신 말씀을 그대로 옮겨보겠습니다.

'죽음을 앞 두고 내 가슴을 무겁게 내리누르는 일이 한 가지 있는데, 고아가 된 모스턴 대위의 가엾은 딸이 받아온 부당한 처사다. 저주받아 마땅할 탐욕 때문에 그 애가 마땅히 받아야할 몫의 보물, 적어도 절반은 모스턴 양의 몫인데도 나는 그것을 움켜쥐고 있었다. 그 애 몫의 재물에는 손을 대지 않았지만, 이처럼 눈멀고 어리석은 게 인간의 탐욕이다. 단순히 보물을 소유하고 있다는 것만으로도 기분이 좋아서 다른 누구와 나눠가져야 한다는 사실을 견딜 수가 없었구나. 저기 키니네 병 옆에 진주와 같이 놓여 있는 진주 박힌 머리장식이 보이느냐? 모스턴의 딸에게 보내려고 꺼내놓고도 내 품에서 떼어놓기가 힘들어 못 보내고 있었다. 애들아, 너희가 아그라 보물의 정당한 몫을 그 애에게 돌려주어라. 하지만 아직은 아무것도 보내지 마라. 저 머리장식도 마찬가지다. 내가 죽고 나면, 그때 보내거라. 결국 이게 인간이구나. 이토록 이기적으로 살다가 죽을 때가 되니 제 정신을 차리는구나.'

아버지는 계속 말씀하셨습니다.

'아서 모스턴 대위가 어떻게 죽었는지 말해주마. 그 친구는 오래 전부터 심장이 좋지 않아 고생하고 있었지만 그 사실을 아는 사람은 나 혼자뿐이었다. 인도에 있을 때 모스턴과 나는 우연찮게 상당한 보물을 손에 넣었다. 내가 그 보물을 가지고 먼저 영국으로 돌아왔는데, 모스턴은 자기 몫을 찾아가려고 영국에 도착한 그날 밤에 곧장 나를 찾아왔다. 그는 기차역에서부터 여기까지 걸어왔고, 지금은 죽고 없는 충직한 하인 랄 초우다가 문을 열어주었지. 그런데 모스턴과 나는 보물의 분배 문제를 두고 의견이 엇갈려 언성을 높여가며 말다툼을 하게 됐단다. 그러던 중 모스턴은 불같이 화를 내며 의자에서 벌떡 일어섰다. 바로 그때, 갑자기 심장발작이 일어났는지 낯빛이 거무스름해지며 옆구리를 움켜쥐더구나. 그리고는 뒤로 벌렁 넘어지면서 머리를 보물 상자의 모서리에 심하게 찧었다. 쓰러진 모스턴에게 달려가보니 소름끼치게도 이미 숨이 끊어져 있더구나.

나는 반쯤 넋이 나간 채 한동안 앉아 있었다. 무엇을 어떻게 하면 좋을지 머릿속이 어지러웠다. 물론 처음에는 사람들을 불러 도움을 청할 생각이었다. 하지만 내가 모스턴 살해범으로 몰릴 수도 있다는 생각이 퍼뜩 들더구나. 그럴 가능성은 충분했다. 모스턴은 나와 싸우던 중에 숨진 데다가 머리에 큰 상처도 있었다. 모두 내게 불리한 정황 증거들뿐이었지. 무엇보다 경찰의 조사를 받다보면 보물에 얽힌 비밀이 드러날 게 분명했다. 난 그것만은 어떻게든 피하고 싶었다. 모스턴 말로는 아무도 자기가 여기 온 사실을 모른다고 했다. 그렇다면 굳이 사람들에게 모스턴의 죽음을 알릴 필요가 없다는 생각이 들더구나.

내가 어떻게 할지 마음을 정하지 못하고 갈팡질팡하다가 문득 고개를 들어보니 하인 랄이 문간에 서 있더구나. 랄은 살그머니 들어와 문의 빗장을 걸더니 이런 말로 날 위로했다.

'두려워 마세요, 주인님. 주인님이 모스턴 대위를 살해한 사실을 굳이 알릴 필요는 없습니다. 시체를 숨겨버리면 누가 알겠습니까?'

'나는 안 죽였네.'

나는 답답해져 결백을 주장했다. 그런데 랄이 머리를 저으며 싱긋이 웃더구나.

'밖에서 다 들었습니다, 주인님. 두 분이 옥신각신하는 소리며 치고받고 싸우는 소리도 들었습니다. 하지만 걱정 마십

시오. 제 입은 자물통이랍니다. 집안사람들은 모두 잠에 취해 있으니 지금 저랑 시체를 치우시죠.'

랄의 말을 듣고서 나는 더 이상 선택의 여지가 없다는 걸 알았다. 정작 내 하인도 나를 믿지 못하는 판에 배심원석에 앉아 있는 12명의 어리석은 장사치들에게 무슨 수로 내 결백을 증명할 수 있겠니? 랄과 나는 그날 밤에 모스턴의 시체를 처리했다. 며칠 안 있어 런던에서 발행되는 신문들은 모스턴 대위의 수수께끼 같은 행방불명 기사를 일제히 실었더구나. 이야기를 들어 알겠지만 나는 모스턴의 죽음과 관련해서는 잘못한 게 없다. 내게 잘못이 있다면, 그건 모스턴의 시신뿐만 아니라 그 사람 몫의 보물을 숨겨두고 있었다는 점이다. 이제 내 바람은 너희들이 모스턴의 딸에게 보상을 해주는 거란다. 귀를 가까이 대려무나. 보물을 숨겨둔 곳은……'

바로 그 순간 아버지 얼굴이 사정없이 일그러지더군요. 눈을 부라려 뜨고 입을 딱 벌리더니 이렇게 소리소리 지르셨습니다.

'저 놈을 쫓아버려라! 어서 저놈을 내쫓으란 말이다!'

당시의 절박했던 아버지 음성이 아직도 기억에 생생합니다. 형과 저는 아버지가 뚫어지게 쳐다보고 있는 창으로 얼른 몸을 돌렸습니다. 어둠 속에서 사람 얼굴 하나가 우리를 들여다보고 있더군요. 코끝이 유리에 눌려 하얗게 보였지요. 수염과 털이 뒤덮인 얼굴에는 증오가 가득했고, 눈은 사납고 잔혹하게 번득이고 있었습니다. 형과 저는 창문으로 재빨리 달려갔지만 남자는 벌써 사라지고 없었지습니다. 허탕을 치고 되돌아와 보니 아버지는 이미 머리를 모로 돌린 채 운명하셨더군요.

형과 저는 밤을 새우며 정원을 샅샅이 뒤졌습니다. 하지만 사람이 침입한 흔적은 찾아볼 수 없었습니다. 창문 바로 밑에 있는 화단에 난 발자국이 아니었다면 우리가 본 그 끔찍한 얼굴은 그저 상상이었다고 지나칠 수도 있었을 겁니다. 하지만 우리는 곧 우리 주위에 모종의 비밀스런 일이 벌어지고 있다는 사실을 알려주는 또 다른 놀라운 증거를 발견하게 되었습니다. 다음날 일어나 보니 아버지의 방 창문이 열려 있고 옷장이며 상자들에서 꺼낸 물건들이 방 안 가득 어지럽게 널려 있더군요. 그리고 아버지 가슴 위에 찢겨진 종이 조각이 침으로 고정돼 있었습니다. 종이쪽지를 빼서 보니 휘갈겨 쓴 글씨로 '네 개의 기호'라고 써 있더군요. 이 글귀가 무슨 뜻인지, 또 우리를 찾아왔던 사람의 정체가 뭔지 우리는 짐작조차 할 수 없었습니다. 분명한 것 하나는 누군가 아버지 물건이란 물건은 죄다 헤집어놓고도 재물은 하나도 훔쳐가지 않았다는 것이었습니다. 형과 저는 이 기괴한 사건과 아버지를 평생토록 따라다녔던 두려움과 연결하여 생각해보았지요. 그러나 지금까지도 그 사건은 여전히 풀 수 없는 미스터리로 남아 있습니다."

새디어스 숄토는 말을 잠깐 멈추고 담배에 다시 불을 붙였다. 그리고는 한동안 생각에 잠긴 채 뻐끔뻐끔 담배를 피워댔다.

우리 세 사람은 숄토의 놀라운 이야기에 쏙 빠져들어 넋을 잃고 있었다. 비록 잠깐 언급하고 지나갔지만, 아버지의 사망 경위를 듣고 메리 모스턴의 얼굴에서 핏기가 가시는 것을 보고, 나는 모스턴이 기절하면 어쩌나 하는 염려를 잠깐 했다. 하지만 모스턴은 내가 따라준 물 한잔을 마시고 정신을 가다듬었다. 홈즈는 모호한 표정을 짓고 눈을 반쯤 내려뜬 채 의자 등받이에 몸을 기대고 앉아 있었다.

나는 홈즈를 흘끗 쳐다봤다. 그러자 바로 그날 낮에 홈즈가 삶이 너무 단조롭다고 푸념을 해댔던 생각이 났다. 마침 그 명석한 두뇌를 최대한 활용하여 자신의 능력을 발휘할 수 있는 문제가 생긴 것이었다. 새디어스 숄토는 우리 세 사람이 자신의 이야기에 정색을 한 채 귀를 기울이는 걸 보고 우쭐해져서는, 우리 한 사람 한 사람을 번갈아 보고 기다란 담뱃대를 계속 뻐끔거리며 이야기를 이어갔다.

"여러분도 상상이 가겠지만 형과 저는 아버지가 말한 보물 이야기를 듣고 무척 흥분했답니다. 우리 형제는 몇 개월 동안 정원 구석구석을 하나도 남기지 않고 파헤치며 철저히 조사했지요. 하지만 보물은 찾지 못했습니다. 보물을 숨겨둔 장소를 말하려던 바로 그 순간, 아버지가 돌아가신 생각만 하면 머리가 돌아버릴 지경이었지요. 아버지가 보여주신 진주 박힌 머리장식으로 미루어볼 때, 우리가 찾지 못하고 있는 보물이 얼마나 어마어마할지 짐작하고도 남았으니까요. 형과 저는 이 목걸이를 어떻게 처리할 것인지를 두고 조금 다퉜습니다. 목걸이에 달린 진주는 확실히 꽤나 값비싸 보였고, 당연히 형은 진주를 다른 사람 손에 넘겨주고 싶어 하지 않았습니다. 여러분 앞이라 하는 말이지만 형은 아버지의 단점을 고스란히 물려받았거든요. 형도 아버지가 그러셨던 것처럼 만약 우리가 진주 목걸이를 내놓으면 사람들의 입에 오르내리게 될 것이고, 그러다 보면 결국 귀찮은 일이 생길 거라 생각했습니다. 결국 저는 모스턴 양의 주소를 알아 낸 다음, 최소한 생활하는 데 어렵지 않을 정도로 일정한 간격을 두고 진주를 보내기로 형과 어렵게 합의할 수 있었습니다."

"그렇게 마음을 써주시다니 진심으로 감사합니다."

메리 모스턴이 진심으로 말했다.

새디어스 숄토는 과찬이라는 듯 손사래를 쳤다.

"아닙니다. 우리야 그저 모스턴 양의 재산을 보관하고 있었을 뿐이지요. 비록 형은 다르게 생각하는 것 같지만, 이 문제에 대한 제 시각은 그렇습니다. 우리에게 돈은 충분히 있습니다. 더 이상은 필요하지도 원하지도 않습니다. 게다가 그간 모스턴 양에게 온당한 대우를 해드리지 않은 점은 신사로서 할 행동이 아니었다고 봅니다. 프랑스 사람들은 이런 상황을 '부도덕한 성향은 범죄로 이어지기 마련이다'라는 말로 아주 잘 표현했더군요. 이 문제를 두고 형과 저의 견해 차이가 심해지자 저는 형과 거처를 따로 쓰는 것이 최선이라고 생각하게 되었습니다. 그래서 늙은 키트무트가와 윌리엄즈를 데리고 폰디체리를 나왔지요. 그런데 어제 저는 아주 중요한 소식을 들었습니다. 보물이 발견됐다는 겁니다. 저는 소식을 듣는 즉시 모스턴 양에게 연락을 취했지요. 그러니 이제는 우리가 노우드로 가서 우리 몫의 보물을 요구하는 일만 남았습니다. 지난 밤 저는 바솔로뮤 형에게 그런 제 뜻을 밝혔습니다. 그러니 환영은 않겠지만 우리를 기다리고는 있을 겁니다."

새디어스 숄토는 이렇게 말을 끝낸 뒤 고급스런 의자에 앉아 몸을 씰룩거렸다. 우리는 뜻하지 않은 방향으로 전개되어가는 수수께끼 같은 사건으로 머리가 복잡해져서 말없이 앉아 있었다. 홈즈가 먼저 자리를 털고 일어났다.

"처음부터 끝까지 무리 없이 잘 처리하셨군요, 숄토 씨. 아직 모르고 있는 사실을 밝혀드리는 일로 작으나마 보답을 드릴 수도 있지만 방금 모스턴 양이 말한 대로 시간이 늦었군요. 그러니 폰디체리 저택으로 가서 지체 없이 일을 마무리 짓는

게 최선일 것 같습니다."

새디어스 숄토는 물담뱃대의 관을 천천히 돌돌 말아 감고는 커튼 뒤에서 칼라와 소매 끝에는 아스트라한 산(産) 양 모피를 댔고 아주 긴 장식단추가 달린 외투를 꺼냈다. 그리고는 이미 밤이 꽤 깊어 시간이 없는데도 불구하고 단추를 턱 밑까지 빼놓지 않고 꼼꼼히 채웠다. 게다가 귀마개가 달린 토끼가죽 모자까지 썼다. 새디어스 숄토가 이렇게 외출준비를 마치고 나니, 보이는 것이라고는 끊임없이 실룩거리는 야윈 얼굴뿐이었다. 그는 스스로도 겸연쩍었는지 앞장을 서며 이렇게 말했다.

"몸이 좀 부실하다 보니 건강염려증 환자가 되고 말았습니다."

타고 온 마차가 밖에서 기다리고 있었고, 일정을 이미 알고 있었는지 마부는 행선지도 묻지 않고 말을 몰았다. 새디어스 숄토는 지치지도 않고 마차가 덜컹대는 소리보다 더 큰 목소리로 끊임없이 이야기를 늘어놓았다.

"바솔로뮤 형은 머리회전이 빠릅니다. 형이 그 보물이 숨겨져 있는 장소를 어떻게 찾아냈는지 아십니까? 형은 보물이 집 안 어딘가에 감춰져 있으리라는 결론을 내렸습니다. 그런 다음 집 전체를 입방체로 일일이 나누어 모든 곳의 치수를 쟀지요. 그래야 손바닥만한 면적도 빼놓지 않고 속속들이 살필 수 있으니까요. 그 결과 건물 높이는 22미터이었습니다. 그런데 아무리 방 하나 하나의 높이를 합산하고 벽에 구멍을 뚫어 방 사이에 끼여 있는 공간까지 고려해 계산했는데도 총 21미터가 안 된다는 사실을 알아냈답니다. 계산되지 않은 1미터의 공간이 어딘가에 있다는 얘기였지요. 그럴만한 곳은 건물의 꼭대기밖에 없었습니다. 형은 맨 꼭대기 방 천장에 구멍을 뚫었답니다. 아니나 다를까 형은 그 위에 숨겨진 또 다른 다락방을 발견했고, 보물 상자는 두 개의 들보에 걸쳐진 채 다락방 한가운데 있었답니다. 형은 그곳으로 올라가느라 뚫은 구멍을 통해 보물 상자를 아래로 내렸습니다. 형이 보석의 값을 대충 계산했는데 적어도 50만 파운드는 된다고 하더군요."

우리 세 사람은 이 어마어마한 금액에 눈을 둥그렇게 뜨고 서로를 쳐다보았다. 메리 모스턴의 경우, 우리가 그녀 몫을 확실하게 찾아줄 수만 있다면 곤궁한 가정교사 처지에서 일약 영국의 제일가는 상속녀로 변신할 터였다. 진정한 친구라면 이런 반가운 소식을 듣고 함께 기뻐해야 마땅하다. 하지만 부끄럽게도 나는 이기적인 생각에 사로잡힌 나머지 가슴이 납덩이를 얹은 듯 무거웠다. 나는 축하의 말이랍시고 몇 마디를 더듬더듬 건넨 후, 힘없이 고개를 떨어뜨렸다.

새디어스 숄토는 고질적인 건강염려증 환자가 분명했다. 나는 그가 이런저런 증상들을 쉴새없이 늘어놓고, 터무니없는 엉터리 약들의 성분과 효능에 대해 어떻게 생각하는지 묻는 말들을 한 귀로 흘리며 잠자코 앉아 있었다. 그는 그 엉터리 약 중 몇 가지를 가죽 지갑 속에 넣어서도 가지고 다녔다.

나는 그날 밤 내가 했던 대답을 새디어스가 하나도 기억하지 못했으면 하고 바라고 있다. 홈즈가 우연히 들었다고 주장하는 바에 따르면, 내가 새디어스에게 피마자 기름을 두 방울 이상 복용하는 것은 대단히 위험하다고 주의를 주었으며, 진정제로는 중추 신경 흥분제인 스트리크닌(중추신경 흥분제)을 다량 복용하라고 권했다고 했다.

그게 사실이든 아니든 우리를 태운 마차가 덜커덩하고 멈춰서고 마부가 뛰어내려 문을 열어줬을 때, 나는 이제 살았구나 싶었다.

"모스턴 양, 여기가 폰디체리 저택입니다."

새디어스 숄토가 메리 모스턴에게 손을 내밀어 잡아주며 말했다.

폰디체리 저택의 참극

우리는 11시가 다 돼서야 그날 밤 모험의 마지막 무대에 도착했다. 우리가 뒤로하고 온 도시는 축축한 안개에 싸여 있던 반면, 그곳의 밤은 상쾌하고 맑았으며 따사로운 바람까지 서쪽에서 불어왔다. 천천히 하늘을 가로지르는 두꺼운 구름 사이로 반달이 이따금씩 얼굴을 내밀었다. 밤은 약간 앞에 있는 물체를 분간할 수 있을 정도로 청명했지만 새디어스 숄토는 마차 옆에 달린 등불을 떼어 들고 길을 밝혀주었다.

폰디체리 저택은 깨진 유리조각을 박아 놓은 높은 돌담으로 둘러싸여 있었다. 출입구라고는 무쇠 빗장으로 조여진 옹색한 문이 전부였다. 숄토는 우편배달부처럼 특이한 방식으로 문을 두드렸다.

"누구요?"

안에서 걸걸한 목소리가 들렸다.

"날세, 맥머도. 이젠 내 노크 소리를 알아들을 때도 되지 않았나?"

뭐라고 투덜대는 소리가 들리더니 열쇠가 절거덕거리는 소리가 들렸다. 문이 안으로 천천히 열렸고, 열린 문가에 키는 작지만 가슴팍이 다부진 사내가 떡 버티고 서 있었다. 등에서 흘러나오는 노란 불빛이 우락부락한 얼굴과 의심에 차서 깜빡이는 눈을 비추었다.

"새디어스 도련님? 그런데 다른 분들은 누구시죠? 주인님에게 다른 분들과 함께 오실 거라는 말씀은 못 들었는데요."

"못 들었다고, 맥머도? 거 참 이상하군! 친구들하고 같이 올 거라고 어제 저녁에 분명히 형한테 얘기를 했단 말일세."

"도련님, 주인님은 오늘 방에서 꼼짝도 않으셨고 저는 달리 지시 받은 게 없습니다. 도련님도 제가 원칙 하나는 칼 같이 지킨다는 거 잘 아시죠? 도련님은 들어오실 수 있지만 함께 오신 분들은 밖에 계셔야겠습니다."

이건 전혀 예상치 못한 상황이었다. 새디어스 숄토는 당혹스럽고 난처한 얼굴로 맥머도를 쳐다보았다.

"자네가 이럴 수가 있나, 맥머도! 내가 이분들의 신분을 보장하면 충분하지 않은가. 게다가 젊은 숙녀 분도 계신데, 이런 늦은 시간에 바깥에서 기다리시게 해서야 쓰겠나."

"정말 죄송합니다, 도련님."

문지기는 꿈쩍도 하지 않았다.

"동행하신 분들이 도련님의 친구인지는 모르지만 주인님의 친구 분들은 아니지 않습니까? 주인님은 제게 보수를 후하게 주십니다. 그러니 저도 맡은 임무를 철저히 행하는 게 도리입지요. 유감스럽게도 친구 분 중에 제가 아는 얼굴은 전혀 안 보이는군요."

"그 말 책임질 수 있겠나, 맥머도!"

다정한 목소리로 홈즈가 외쳤다.

"설마 날 잊지는 않았겠지? 4년 전, 자네 후원회가 열렸던 밤에 앨리슨 경기장에서 자네와 3라운드까지 겨룬 아마추어 권투선수를 기억 못 하겠나?"

"아니, 셜록 홈즈 씨 아니시오!"

왕년의 프로 권투선수인 맥머도가 놀라서 소리를 질렀다.

"이게 웬일이오! 내가 어떻게 당신을 잊을 수 있겠소. 거기에 그렇게 조용히 서 있지 말고 앞으로 나와서 그 센 주먹으로 내 턱을 한 방 날리지 그러셨소. 그럼 당장 알아 봤을 걸. 참나, 당신도 타고난 재능을 그냥 썩히는 사람들 중 한 사람이라니까! 만약 홈즈 당신이 권투 애호가 모임 같은 곳에 가입을 했더라면 이름을 날렸을 법도 한데 말이오."

"들었지, 왓슨? 이것저것 다 실패해도 내게도 아직 열려 있는 길이 한 군데는 있다네. 그것도 과학적인 직업이 말이야."

저택 안으로 들어가보니 구불구불한 자갈길이 황폐한 정원을 가로질러 살풍경한 정방형의 거대한 수풀까지 나 있었다. 달빛이 비치는 모퉁이 한 곳과 다락방 창문에서 새어나오는 희미한 불빛을 빼고는 사방이 온통 캄캄했다. 칠흑 같은 어둠 속에 죽은 듯이 조용히 솟아 있는 거대한 건물을 바라보고 있노라니 냉기가 가슴속으로 스며들었다. 새디어스 숄토도 불안한지 손에 들고 있는 등불이 덜거덕 소리를 내며 흔들렸다.

"도대체 이해가 안 가는군요. 뭔가 착오가 있는 게 틀림없습니다. 전 분명히 바솔로뮤 형에게 우리가 오늘 여기로 오겠다고 얘기해 뒀거든요. 그런데 방에 불도 켜두지 않았다니, 무슨 일인지 모르겠군요."

그때 홈즈가 새디어스에게 물었다.

"형님은 늘 이런 식으로 집안 경비를 합니까?"

"그렇습니다. 형은 아버지가 하셨던 대로 따르고 있답니다. 아버지는 형에게 남다른 애정을 갖고 계셨지요. 그래서 가끔은 아버지가 형한테만 특별히 어떤 이야기를 들려주셨을 수도 있다고 생각한 적도 있었습니다. 저기, 저 위쪽 달빛이 비치는 곳이 바솔로뮤 형이 쓰는 방 창문입니다. 달빛을 받아 반짝이기는 하지만 안에 불이 켜져 있는 것 같지는 않군요."

홈즈가 새디어스의 말을 받았다.

"그렇군요. 하지만 문 옆에 있는 작은 창에서 빛이 반짝이던데요."

"아, 저긴 집안일을 돌보는 번스턴 부인이 쓰고 있는 방입니다. 번스턴 부인은 뭔가 알고 있을지도 모르겠군요. 죄송하지만 여기서 잠깐 기다려주시겠습니까? 우리가 온다는 사실을 모르고 있을 텐데 한꺼번에 몰려가면 부인이 놀랄지도 모르니까요. 잠깐, 조용히 해보세요! 저게 무슨 소리죠?"

새디어스 숄토가 등불을 높이 들어올렸다. 그의 손이 하도 떨리는 바람에 등불이 둥글게 원을 그리며 흔들거렸다. 메리 모스턴이 내 손목을 잡았고 우리 모두는 놀란 가슴으로 귀를 바짝 세운 채 가만히 서 있었다. 크고 어두운 저택에서 한밤의 고요를 가르며 아주 구슬프고 애처로운, 겁에 질린 여자가 토해내는 비명소리가 들렸다.

"번스턴 부인입니다!"

새디어스 숄토가 말했다.

"이 집안에 여자라고는 번스턴 부인뿐이거든요. 여기서 기다리십시오. 곧 돌아오겠습니다."

말을 마친 숄토는 서둘러 번스턴 부인이 쓰는 방으로 달려가 그만의 방식으로 문을 두드렸다. 그러자 키가 크고 나이가 지긋해보이는 여자가 문을 열고 새디어스를 맞아 들였다. 가정부 번스턴 부인은 그를 보더니 너무나 기뻐했다.

"오, 새디어스 도련님, 이렇게 와주셔서 얼마나 반가운지 모르겠어요! 너무 잘 오셨습니다!"

번스턴 부인은 문을 닫으면서 계속 기쁨의 탄성을 내질렀고, 문이 이내 닫히면서 중얼거리는 소리로 줄어들다가 점차 사라졌다.

홈즈는 새디어스 숄토가 두고 간 등불을 천천히 들어올려 날카로운 눈으로 저택 곳곳을 찬찬히 살펴보았다. 정원 여기저기에 파헤쳐 놓은 흙더미가 쌓여 있었다. 나와 모스턴은 손을 꼭 쥐고 나란히 서 있었다. 불가사의하면서도 묘한 것이 사랑이다. 모스턴과 나, 우리 두 사람은 그 날 처음 본 사이였다. 게다가 애정이 담긴 말은커녕 따뜻한 눈길 한번 주고받지 않은 사이였는데, 1시간 남짓 곤경을 함께 겪으면서 본능적으로 서로의 손을 찾기에 이르렀다. 지금에 와서 생각해보면 놀랍고 신기하지만 그 때는 그녀를 챙겨주는 일이 아주 자연스럽게 느껴졌다. 그리고 그녀 역시 본능적으로 내게 위안과 보호를 바라는 마음이 들었다고 후에 이야기했다. 그렇게 우리 두 사람은 아이들처럼 서로 손을 꼭 잡고 서 있었고, 우리를 둘러싸고 있는 모호하고 음울한 상황에도 불구하고 마음은 평화로웠다.

"참 이상한 곳이에요!"

모스턴은 주위를 둘러보고 이렇게 말했다.

"마치 영국에 있는 두더지란 두더지는 다 모아다가 풀어놓은 것 같군요. 일전에 오스트레일리아 발라랫 부근에 있는 어느 산기슭에서 이런 광경을 본 적이 있어요. 광맥을 찾아다니는 사람들이 파헤쳐 놓은 곳이었죠."

이때 홈즈가 끼어들었다.

"그곳과 마찬가지로 보물을 찾으면서 생긴 흔적이죠. 숄토 형제가 6년 째 보물을 찾아 헤맸다고 말했지 않습니까. 정원이 자갈 채취장처럼 보이는 것도 당연하지요."

그때 현관문이 벌컥 열리더니 새디어스 숄토가 두 팔을 벌린 채 공포가 가득 담긴 눈으로 달려나왔다.

"형에게 무슨 일이 생긴 모양입니다!"

새디어스는 거의 정신이 나간 상태에서 소리 질렀다.

"너무나 무섭습니다! 내 약한 신경으로는 도저히 견딜 수 없을 지경입니다."

새디어스는 정말 공포에 질려 울음을 터뜨리기 직전이었다. 커다란 아스트라한 모피 칼라 위로 살짝 내민 허약한 얼굴은 겁먹은 어린아이처럼 무력해보였고 경련을 일으키고 있었다.

"집 안으로 들어가봅시다."

홈즈가 사무적인 어조로 말했다.

"예. 어서 들어가보세요! 저는 너무 놀라서 안내해 드릴 힘도 없습니다."

새디어스 숄토는 다 기어드는 목소리로 간신히 말했다.

우리 일행은 홈즈의 뒤를 따라 번스턴 부인 방으로 갔다. 방은 복도의 왼쪽에 위치해 있었다. 늙수그레한 가정부는 겁에 질린 얼굴로 끊임없이 손가락을 비비꼬며 방안을 왔다갔다 하고 있었다. 그러나 메리 모스턴의 모습을 보자 안심이 되는 모양이었다.

"아가씨의 상냥하고 평온한 얼굴을 보니 마음이 조금 가라앉는군요. 아휴, 오늘처럼 힘든 하루는 처음이라우!"

번스턴 부인은 신경질적으로 흐느끼며 외쳤다.

메리 모스턴이 일하느라 거칠어진 가정부의 여윈 손을 쓰다듬어주며 따뜻한 위로의 말을 건네자 번스턴 부인의 얼굴에 화색이 돌기 시작했다.

"주인님은 방에 꼭 틀어박힌 채 하루 종일 꼼짝도 안 하시더니 이젠 아예 대답조차 없으십니다."

번스턴 부인이 이야기하기 시작했다.

"저는 하루 종일 주인님이 무슨 말씀을 하지 않으실까 기다렸지요. 혼자 계시고 싶어 하실 때가 종종 있거든요. 헌데 1시간 전부터 왠지 주인님에게 무슨 일이 생긴 건 아닌가 걱정이 되어 주인님 방으로 올라가 열쇠구멍으로 방안을 들여다보았답니다. 올라가 보십시오, 새디어스 도련님. 올라가셔서 도련님 눈으로 직접 보셔요. 10년이 넘게 주인님이 즐거워하시는 모습도, 슬픔에 젖어 있는 모습도 뵈었지만 조금 전 열쇠구멍으로 살짝 뵌 것 같은 그런 얼굴은 정말 처음입니다."

새디어스 숄토가 공포에 질려 이를 딱딱 마주치며 떨고 있자 홈즈가 등을 들고 앞장섰다. 얼마나 덜덜 떨어대던지 걷지도 못할 것 같아 나는 숄토의 팔을 부축해 계단을 올라가야만 했다. 홈즈는 계단을 올라가는 중에도 호주머니에서 확대경을 급히 꺼내더니, 내 눈에는 계단에 카펫 대신 깔아 놓은 코코넛으로 짠 돗자리 위에 쌓인 먼지얼룩으로 밖에 안 보이는 것들을 조심스럽게 살펴보았다. 그는 등을 들고 날카로운 눈으로 좌우를 살피며 계단 하나하나를 천천히 올라갔다. 모스턴은 겁에 질린 번스턴 부인과 함께 뒤에 남아 있었다.

계단 세 개를 오르고 나자 길게 쭉 뻗은 복도가 나왔다. 복도 오른쪽에는 커다란 인도산 태피스트리가 걸려 있었고 왼쪽으로는 문이 세 개 나 있었다. 홈즈는 계단을 올라올 때처럼 사방을 천천히 꼼꼼하게 살피며 복도를 따라 앞으로 나아갔다. 새디어스 숄토와 나는 검은 그림자를 길게 남기며 홈즈 뒤를 바짝 따라갔다. 세 번째 문이 우리가 찾던 문이었다. 홈즈가 두드렸지만 안에서는 아무 대답이 없었다. 홈즈는 문의 손잡이를 돌려 억지로 열어보려고 했지만 문은 안에서 잠겨 있었다. 등불로 비춰보고 안 사실이지만, 널찍하고 두꺼운 빗장이 걸려 있었다. 헌데 열쇠를 넣으면 돌아가는 걸 보니 열쇠

구멍이 완전히 막혀 있지는 않았다. 홈즈는 허리를 굽혀 열쇠 구멍으로 안을 들여다보고는 날카롭게 숨을 들이키며 몸을 일으켰다.

"왓슨, 안에 뭔가 끔찍한 것이 있는 모양이네."

나는 그제까지 홈즈가 그토록 흥분한 모습을 본적이 없었다.

"자네 생각은 어떤가?"

몸을 굽히고 열쇠 구멍을 들여다본 나는 겁에 질려 움찔 뒤로 물러섰다. 방안으로 흘러든 달빛이 어렴풋한 빛을 뿌리고 있었고, 머리 아래쪽이 어둠에 가려 마치 허공에 둥둥 떠 있는 것 같은 얼굴이 나를 똑바로 쳐다보고 있었다. 새디어스와 똑같이 생긴 얼굴이었다. 번쩍이는 대머리와 그 주변에 난 억센 붉은 머리도 그렇고 핏기 없는 창백한 안색도 똑같았다. 하지만 다른 게 있었다.

바솔로뮤 얼굴에는 소름끼치는 미소가 어려 있었다. 딱딱하고 어딘가 부자연스럽게 미소짓고 있는 얼굴은 달빛이 흘러든 고요한 방안에서 보니 무섭게 노려보거나 찡그린 얼굴보다 더 섬뜩했다. 그런데 그 얼굴이 새디어스와 어찌나 똑같던지 나는 그가 정말로 우리 옆에 있는지 확인하기 위해 몸을 돌리고 쳐다보기까지 했다. 그제야 비로소 새디어스가 자신과 형이 쌍둥이라고 말했던 기억이 났다.

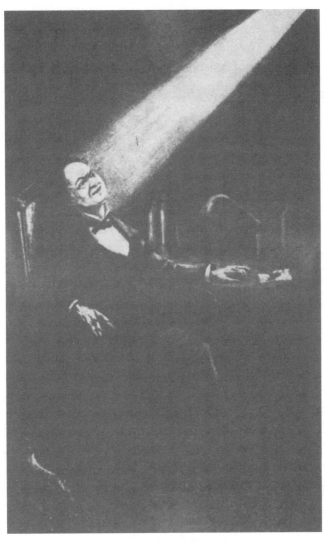

J. 왓슨 데이비스의 그림(1906년)

"끔찍해! 이제 어떻게 하지?"

난감해하며 홈즈에게 물었다.

"우선 문을 부숴야겠네."

홈즈가 체중을 실어 문을 향해 몸을 날렸다. 하지만 문은 삐걱거리기만 하고 열리지는 않았다. 이번엔 우리 세 사람이 힘을 합해 다시 한번 문을 향해 달려들었다. 그 바람에 문이 우지끈 부서지며 열렸고, 우리는 바솔로뮤 숄토의 방으로 우르르르 쏠려 들어갔다.

방은 화학 실험실로 꾸민 듯했다. 문 반대편 벽에는 유리 마개를 씌운 병들이 두 줄로 늘어서 있었고, 테이블 위에는 온통 분젠 버너(가스를 태워 간단하게 고열을 얻는 장치로 실험실에서 많이 쓰인다)와 시험관, 증류기들이 어지럽게 널려 있었다. 산성 물질을 담은 커다란 병들이 고리버들 바구니에 담긴 채 한 구석을 차지하고 있었다. 그 중 하나가 새거나 깨졌는지 검은 색 액체가 조금씩 흘러나오고 있었고 방안 공기는 타르 같은 자극적인 냄새로 가득 차 있었다. 또 방 한쪽으로는 회반죽에 윗가지를 섞은 벽토가 부서져내려 어수선한 가운데 사다리가 세워져 있었고 그 사다리 위에는 사람 하나가 들어갈 만한 크기의 구멍이 뚫려 있었다. 사다리 옆에는 동그랗게 감겨 있는 길다란 밧줄 뭉치가 아무렇게나 내던져 있었다.

테이블 옆의 목조 안락의자에는 이 저택의 주인인 바솔로뮤가 소름 돋게 하는 뜻 모를 웃음을 띠고 머리를 왼쪽 어깨 위로 떨군 채 죽어 있었다. 몸이 이미 싸늘하게 식어 뻣뻣하게 굳은 것을 보니 죽은 지 몇 시간이 지난 것이 분명했다. 그리고 얼굴만이 아니라 온몸이 뒤틀리고 아주 기묘하게 안으로 굽어 있었다. 테이블 위에 놓인 바솔로뮤의 손 옆에는 낯선 물건이 놓여 있었다. 망치처럼 머리에 돌을 대고 조잡한 삼실로 대강대강 얽어맨 나뭇결이 고운 갈색 지팡이였다. 그 옆에 몇마디 휘갈겨 쓴 찢어진 종이 조각이 놓여 있었다. 홈즈는 그 종이쪽지를 한번 쓱 쳐다보고는 내게 건넸다.

"어때, 이제 알겠나?"

홈즈가 눈살을 치켜올려 의미심장한 표정을 지어보였다.

등불을 비춰들고 쪽지에 쓰인 글귀를 읽은 나는 공포로 몸이 오싹해졌다. 거기엔 이렇게 쓰여 있었다.

'네 개의 기호.'

"도대체 이게 무슨 뜻이지?"

영문을 모르는 나는 홈즈를 빤히 쳐다보았다.

"바솔로뮤가 살해되었다는 뜻일세."

홈즈가 사체 위로 몸을 굽히며 말했다.

"아, 내 이럴 줄 알았지. 여길 좀 보게!"

홈즈는 사체의 귀 바로 위쪽에 꽂혀 있는, 가시처럼 보이는 길고 검은 것을 가리켰다.

"가시 같아 보이는데?"

"맞아, 가시일세. 뽑아도 되네. 하지만 조심하게. 필시 독이 묻어있을 걸세."

나는 엄지와 집게손가락으로 가시를 잡아 조심스럽게 빼냈다. 그런데 가시가 어찌나 쉽게 빠지던지, 가시가 꽂혀 있던 자리에 점같이 작은 핏방울 자국이 남아 있지 않았다면 찔렸던 자리가 어딘지도 모를 정도였다.

"이 사건은 나로서는 도무지 이해가 안 가는 미스터리군. 시간이 갈수록 풀리기는커녕 점점 더 꼬이기만 하니, 참."

내가 푸념을 늘어놓자 홈즈가 대꾸했다.

"아니, 그 반대일세. 시간이 갈수록 사건의 전모가 분명해지고 있네. 몇 군데 빠진 이만 채워 넣는다면 이 사건은 전적으로 아귀가 들어맞는 사건이라네."

홈즈와 나는 방으로 들어온 뒤로 새디어스 숄토의 존재를 거의 까맣게 잊고 있었다. 그는 문간에 그대로 서서 공포에 질린 채 두 손을 비비틀며 신음소리를 내고 있었다. 그런데 돌연 그가 날카롭게 소리를 질렀다.

"보물이 사라졌어요! 놈들이 보물을 빼앗아 갔단 말입니다! 천장에 있는 저 구멍은 우리가 보물 상자를 내리기 위해 뚫은 것입니다. 형이 보물 상자를 내리는 데 제가 도와줬거든요! 형을 마지막으로 본 사람이 접니다! 어젯밤, 저는 이 방을 나와 계단을 내려가며 형이 문을 잠그는 소리도 들었어요."

"그게 몇 시였죠?"

"10시 정각이었습니다. 그런데 형이 죽다니, 경찰이 오면 나를 범인으로 보겠죠. 오, 그래. 두말하면 잔소리지. 하지만 두 신사 분은 제가 그랬다고 생각지는 않으시겠죠? 제가 범인이라면 두 분을 무엇 하러 여기로 모셔왔겠습니까? 오, 이런! 정말 머리가 돌아버리겠군!"

새디어스 숄토는 일종의 광란 상태에 빠져 팔을 비틀고 발을 동동 구르기도 하며 경련을 일으켰다.

"숄토 씨, 두려워하실 필요 없습니다."

홈즈는 새디어스 숄토의 어깨를 토닥여주며 안심시킨 다음 부드러운 말로 조언을 했다.

"제가 얘기하는 대로 하십시오. 지금 경찰서로 가서서 사건의 경위를 알리고 경찰의 수사에 도움이 될 만한 모든 정보를 제공하십시오. 저희는 여기서 숄토 씨가 돌아오실 때까지 기다리겠습니다."

새디어스 숄토는 반쯤 넋이 나간 상태에서 홈즈가 이르는 대로했다. 새디어스가 어둠 속에서 비틀거리며 계단을 내려가는 소리가 들려왔다.

셜록 홈즈의 논증

홈즈가 손을 비비며 이야기를 시작했다.

"자, 왓슨, 우리에게 30분 정도 여유가 있네. 그 시간을 한 번 잘 활용해보세. 이미 말한 대로 난 이 사건의 전모를 대충은 파악하고 있네. 허나 과신은 금물이지. 지금은 사건이 단순해보일지 모르지만 그 배후에 어떤 흑막이 숨어 있을지도 모르거든."

"단순해보인다고!"

나는 어이가 없어 그만 소리를 질렀다.

"물론이지."

홈즈는 강의 시간에 학생들에게 자세히 설명하는 임상의학 교수같이 냉정한 태도로 말했다.

"그 자리에 그냥 앉아 있게. 자네 발자국이 문제를 복잡하게 만들면 안 되니까. 자, 이제 일을 시작해볼까? 우선, 이 범인은 어떻게 들어와서 어떻게 나갔을까? 문은 지난 밤 이후로 열린 적이 없단 말이야. 혹 창문으로 들어온 건 아닐까?"

홈즈는 등을 창가로 가져가 눈에 보이는 것들을 큰 소리로 중얼거렸다. 하지만 그 말은 나보고 들으라기보다는 자기 자신에게 하는 말 같았다.

"창문은 안에서 잠겨 있군. 창틀도 견고하고, 경첩이 달려 있지도 않아. 한번 열어볼까? 근처에 배수관도 없고, 지붕은 꽤 높아서 손이 닿지 않는군. 그런데도 범인은 창문으로 들어왔단 말이야. 어젯밤에는 비가 조금 내렸지. 여기 창틀을 봐. 발자국이 남아 있네. 그리고 이쪽엔 둥그런 진흙 자국이 있군. 그리고 마룻바닥 위에도, 테이블 가까이에도 있네. 왓슨, 여길 보게! 이거야말로 너무도 명백한 증거로군!"

나는 뚜렷하게 찍혀 있는 둥그런 진흙 자국을 쳐다보았다.

"이건 발자국이 아닌데?"

내가 말했다.

"발자국보다 훨씬 더 중요한 증거지. 이건 나무로 만든 의족 자국일세. 자, 보게. 여기 창틀 위에 찍힌 것은 장화 자국, 그것도 발뒤꿈치에 큰 징을 박은 무거운 장화 자국이 나 있고 그 옆에는 나무 의족 자국이 있지."

"그럼 범인은 의족을 한 남자가 분명하군."

"바로 그렇지. 하지만 누군가 한 사람이 더 있네. 아주 날렵하고 힘이 좋은 공범이지. 그건 그렇고 왓슨, 자네 이 벽을 타고 올라올 수 있겠나?"

나는 열린 창문 밖으로 아래를 내다보았다. 달은 여전히 건물 모퉁이를 환히 비추고 있었다. 바닥에서 창문까지는 18미터는 족히 돼보였다. 게다가 내가 선 위치에서는 발판이 보이지도 않았고 벽돌로 쌓아 올린 벽에는 갈라진 틈 하나 보이지 않았다.

"절대 못 올라오겠는걸."

나는 단정적으로 대답했다.

"누군가 도와주지 않는다면 그렇겠지. 하지만 공범이 여기에서 저기 구석에 있는 튼튼한 밧줄의 한쪽 끝을 저 벽에 있는 커다란 갈고리에 단단히 묶은 다음, 밑으로 내려줬다고 상상해보게. 그럼 의족을 한 사람이라도 충분히 기어 올라갈 수 있지. 물론 내려갈 때도 똑같은 식으로 내려갔겠지. 그런 다음 공범은 밧줄을 끌어올려 갈고리에 묶인 매듭을 풀고는 창문을 닫고 안에서 걸쇠를 잠갔을 걸세. 그후 처음 들어왔던 곳을 통해 달아났겠지. 그리 중요한 문제는 아니지만 한 가지 더 말하자면……."

여기서 홈즈는 잠깐 숨을 돌린 다음 밧줄을 손으로 만지며 이야기를 계속 했다.

"의족을 한 친구가 벽을 잘 타는지는 몰라도 뱃사람은 아니군. 손바닥에 전혀 굳은 살이 배어있지 않아. 확대경로 살펴봤더니 핏자국이 몇 군데 눈에 띄었는데, 특히 밧줄 끝으로 갈수록 많이 묻어있더군. 그걸로 보아 그 친구는 밧줄을 타고 서둘러 내려가다가 손바닥이 벗겨진 거야."

"모두 그럴듯한데."

나는 홈즈의 추론에 동의했다.

"하지만 사건은 더 복잡해졌네. 이 수수께끼 같은 공범은 대체 누굴까? 어떻게 이 방에 들어올 수 있었지?"

"그래, 공범이 있었지!"

홈즈는 다시 골똘히 생각하기 시작했다.

"그 공범에 대해선 흥미로운 점이 많다네. 바로 그자 덕분에 이 사건이 평범한 사건에서 벗어날 수 있었지. 그는 우리나라의 범죄 역사에 새 장을 연 셈이네. 물론 내 기억이 맞다면 인도와 세네감비아에서도 비슷한 사건이 발생했지만 말일세."

"그런데 그자는 어디로 들어왔을까?"

나는 같은 질문을 반복했다.

"문은 잠겨있었고 창문은 접근이 불가능한데 말이야. 굴뚝으로 들어온 건 아닐까?"

내가 이렇게 묻자 홈즈가 대답했다.

"나도 벌써 그 가능성을 고려해봤지만 그러기엔 입구가 너무 좁아."

"그럼 도대체 어떻게 들어온 걸까?"

내가 그 문제를 끈질기게 잡고 늘어지자 홈즈가 머리를 절레절레 저으며 이렇게 대꾸했다.

"자넨 내가 가르쳐준 교훈을 적용해볼 생각이 전혀 없군 그래. 내가 몇 번이나 말했나? 불가능한 것들을 빼고 남는 것은 그게 아무리 터무니없어 보이더라도 진실이라고 말일세. 우린 그자가 문이나 창문으로, 굴뚝으로도 들어오지 않았다는 사실을 알고 있네. 또한 숨을 만한 장소가 없으니 방안에 숨어 있을 수 없었다는 것도 알고 있지. 그렇다면 과연 그는 어디로 들어왔겠나?"

"천장에 있는 구멍으로 들어왔군!"

나는 대단한 발견이라도 한 듯 소리를 질렀다.

"물론이지. 그자는 틀림없이 그리로 들어왔네. 수고스럽겠지만 등불 좀 들어주겠나? 이제는 수색범위를 방 위쪽에 있는 보물이 발견된 비밀의 방까지 넓혀야 하겠구면."

홈즈는 사다리를 타고 올라갔다. 그리고 양손으로 들보를 하나씩 붙잡고 그네를 타듯 몸을 앞뒤로 흔들어서 그 반동을 이용하여 다락방으로 올라갔다. 그런 다음 엎드린 채 손을 뻗어 등불을 받아들고는, 내가 뒤따라 올라갈 때까지 들고 있었다.

우리가 올라간 다락방은 대략 폭이 3미터, 길이가 2미터쯤 되는 크기였다. 바닥은 들보 여러 개를 가로지르고 그 사이를 가는 윗가지를 섞어 넣은 회반죽으로 이겨 발라놓았기 때문에 걸을 때면 들보를 골라 디뎌야 했다. 피라미드 모양으로 가운데가 뾰족하게 솟은 천장은 건물 지붕의 바로 안쪽이 분명했다. 가구라 할 만한 건 눈 씻고 찾아봐도 없고, 오랜 세월 동안 쌓인 먼지만이 마룻바닥 위를 두껍게 덮고 있었다.

"다 왔어. 여길세."

비스듬한 벽면에 손을 짚은 채 홈즈가 말을 꺼냈다.

"이게 지붕으로 통하는 들창이군. 뒤로 밀어봐도 되겠는데. 아, 여기가 바로 지붕인데 경사는 완만하군. 그러니까 여기가 공범이 들어왔던 길이 되는 셈이야. 그 친구가 남겼을 만한 흔적들이 있나 찾아보세."

홈즈가 등불을 바닥에 내려놓았다. 그런데 바로 그 순간, 홈즈의 얼굴에 오늘 밤 두 번째로 놀란 표정이 스쳐갔다. 홈즈의 시선을 따라 시선을 옮긴 나는 옷을 겹겹이 입고서도 온몸에 소름이 돋는 광경을 목격했다. 다락방 바닥은 여기저기 맨발자국투성이었다. 발자국들은 뚜렷하고 형태 하나 흐트러지지 않은 채로 남아 있었는데, 이게 웬 일인가! 크기가 보통 성인 발자국 크기의 반도 채 안 되었다.

"어린애가 이런 끔찍한 일을 저지르다니."

내가 속삭이듯이 말했다.

그러나 홈즈는 곧 냉정을 되찾고 말을 시작했다.

"나도 잠깐 당황했었네. 하지만 일은 아주 자연스럽게 돌아가고 있네. 기억만 제대로 했다면 놀랄 일도 아니었지. 여기선 더 알아낼 게 없으니 그만 내려가세."

다락방에서 내려왔을 때 내가 진지하게 물었다.

"그러면 그 발자국에 대한 자네 생각은 뭔가?"

그러자 홈즈는 짜증이 섞인 투로 말했다.

"왓슨, 자네 스스로 한번 분석을 시도해보는 게 어떻겠나? 내 추리방법은 알고 있지 않나? 그걸 한번 적용해보게. 나중에 결과들을 비교해보는 것도 아주 유익할 걸세."

"하지만 난 이 상황이 대체 어떠한 상황인지 감도 못 잡겠는걸."

이게 홈즈의 충고에 대한 내 대답이었다.

"곧 알게 될 걸세."

홈즈는 뚝뚝하게 대꾸했다.

"그리 중요한 게 나올 것 같지는 않지만, 그래도 나는 여길 좀더 살펴봐야 겠네."

홈즈는 확대경과 줄자를 급히 꺼내더니 무릎걸음으로 방안을 이리저리 돌아다녔다. 콧날이 날카로운 긴 코를 바닥 판자에 닿을 정도로 가까이 대고, 새처럼 둥그런 눈을 반짝거리며 그는 자로 여기저기를 재고 크기를 비교하며 이곳저곳을 조사했다. 마치 냄새를 추적하는 잘 훈련된 블러드하운드(후각이 예민한 영국산 경찰견)처럼 날렵하고 조용하게 움직이는 홈즈의 모습을 보면서, 나는 그가 그 열정과 두뇌를 법을 수호하는 대신 법을 위반하는 데 썼다면 얼마나 무서운 범죄자가 됐을까 하는 생각을 하지 않을 수 없었다.

홈즈는 현장을 조사하며 계속 혼잣말을 하다가 갑자기 기쁨의 환성을 질렀다.

"우린 확실히 운이 좋아. 사건은 거의 해결되었다고 봐도 좋네. 범인은 운이 나쁘게도 방부제로 쓰이는 크레오소트를 밟았네. 고약한 냄새가 나는 약물 옆에 찍힌 녀석의 작은 발자국이 자네 눈에도 보이지? 저 유리병이 깨지면서 내용물이 새어 나온 거야."

"그럼 어떻게 되는 거지?"

아직도 상황 파악을 못한 내가 홈즈에게 물었다.

"한 마디로 범인은 이제 독 안에 든 쥐 신세가 됐단 말일세. 저 냄새를 세상 끝까지라도 쫓아갈 개를 알고 있거든. 사냥개 무리는 청어 냄새를 쫓아 한 주(州)를 가로지르기도 하는데, 특별 훈련을 받은 사냥개는 어떻겠나. 게다가 이 정도로 강한 냄새라면 그것을 쫓아 어딘들 못 가겠나? 조금만 기다려보게. 어찌된 일인지 알게 될 테니. 쉿! 법의 대리자들께서 납시셨군."

아래층에서 묵직한 발소리와 시끄러운 말소리가 들리더니 쾅하고 현관문 닫치는 소리가 들렸다.

"저 사람들이 올라오기 전에 자네 여기 이 사체의 팔과 다리를 좀 만져보게. 뭐 느껴지는 게 없나?"

"근육이 나무판자처럼 뻣뻣하게 굳었군."

"바로 그걸세. 일반적인 사후경직과는 달리 근육이 극도로 수축돼있어. 게다가 옛날 작가들이 말한 '히포크라테스의 미소'나 '안면경련으로 인한 기괴한 표정'을 연상시키는 이 뒤틀린 얼굴을 보게. 자네 뭐가 떠오르나?"

"강력한 식물성 알칼로이드에 의한 중독사. 그러니까 근육강직을 유발하는 스트리크닌 같은 물질에 중독되어 사망한 거지."

"얼굴 근육이 수축된 걸 본 순간 나도 같은 생각을 했네. 그래서 방에 들어서자마자 독이 어떻게 체내로 들어갔는지 찾아보았지. 자네가 본대로 두피에 독침이 꽂혀 있더군. 잘 보게. 피살자가 의자에 똑바로 앉아 있었다고 가정한다면 침이 꽂힌 곳은 천장에 뚫린 구멍을 향할 걸세. 그럼 이제 이 독침을 살펴볼까."

나는 아주 조심스럽게 침을 집어들고는 불빛에 비춰보았다. 길고 끝이 날카로운 검은색 침이었다. 뾰족한 끝은 유약을 바른 것처럼 광택이 나는 진득진득한 물질이 마른 채 붙어 있었다. 그리고 뭉툭한 다른 쪽 끝은 칼로 둥글게 다듬어져 있었다.

"영국에서 볼 수 있는 물건인가?"

홈즈가 내게 물었다.

"아니, 절대 아니네."

"이정도 정보라면 자네도 웬만한 추론을 끌어낼 만할 걸세. 이제 정규군이 왔으니 예비군은 물러나야 할 것 같군."

홈즈가 말하는 동안 다가오는 발소리로 복도가 시끌벅적했다. 그러더니 회색 양복에 체격이 다부지고 살집이 붙은 남자가 방으로 성큼성큼 걸어 들어왔다. 불그스레한 얼굴에 체격이 우람한 남자는 다혈질적으로 보였는데, 퉁퉁한 눈두덩과 축 처진 눈 밑 주름 사이에서 빤짝이는 조그만 눈이 날카로워 보였다. 바로 뒤에 제복 차림의 경위와 아직도 부들부들 떨고 있는 새디어스 숄토가 따라 들어왔다.

"여기가 사건 현장이군!"

애서니 존스가 목이 쉰 듯 둔탁한 목소리로 소리쳤다.

"여기가 사건이 일어난 곳이란 말이지! 그런데 이 분들은 다 누구십니까? 방안이 토끼 굴처럼 복작복작 대는군요!"

"애서니 존스 씨, 저를 기억하실 법도 합니다만."

홈즈가 조용한 목소리로 존스에게 아는 체를 했다.

"아, 기억하다마다요!"

존스는 가쁜 숨을 몰아쉬며 홈즈에게 말했다.

"이론가이신 셜록 홈즈 씨, 물론 기억하지요! 비숍게이트 보석 사건을 처리할 때 우리한테 원인과 추론의 결과에 대해 일장 연설을 한 홈즈 씨를 어떻게 잊겠소? 홈즈 씨가 올바른 수사 방향을 제시해준 건 사실이지만, 이제는 그게 선생의 이론을 좇아서였다기보다는 운이 좋아서였다는 걸 인정할 때도 되지 않았소?"

"그건 아주 단순한 추리였습니다."

"이런, 이제는 깨끗이 인정하지 그러시오. 그런 걸 부끄러워 할 필요가 뭐 있소. 그건 그렇고, 이것들은 다 뭐지? 기분 나쁘군! 영 탐탁지 않은 사건이야! 이번 사건엔 명확한 정황 증거들이 있으니 이론 따위 세울 필요가 없겠군요. 마침 다른 사건을 처리하려고 노우드에 와 있던 게 얼마나 다행이오! 내가 경찰서에 있을 때 전갈을 받았죠. 그런데 홈즈 씨는 이 사체의 사인이 뭐라고 생각하오?"

"이런 사건에 이론을 세우고 자시고 할 게 뭐 있겠습니까?"

홈즈는 냉담하게 존스의 말을 받았다.

"아니, 그렇지 않소. 홈즈 씨가 사건의 핵심을 정확히 짚어낼 때도 있다는 걸 부정하지는 않소. 흠, 문은 안에서 잠겨 있었다 하고, 50만 파운드를 호가하는 보석이 사라졌다지요. 창문은 살펴보셨나요?"

"잠겨 있었습니다. 그런데 창틀 위에 발자국이 남아 있더군요."

"그래, 그래, 창문이 잠겨 있었다면 발자국은 이 사건과 아무런 연관도 없을 거요. 상식적으로 생각해볼 때 그렇지 않소? 남자는 발작 때문에 죽었을 수도 있소. 아, 보석이 없어졌다고 했지. 그렇군! 어찌 된 상황인지 이해가 가오. 내게도 이렇게 이론이 섬광처럼 떠오를 때가 있지요. 경위, 그리고 숄토 씨, 잠깐 자리 좀 피해주겠소? 홈즈 씨 친구 분은 계셔도 좋소이다. 홈즈 씨, 이 문제에 대해 어떻게 생각하십니까? 숄토는 어젯밤에 형과 같이 있었다고 증언했습니다. 형이 발작을 일으켜 죽자 그 길로 보물을 챙겨가지고 나왔을 겁니다. 내 추리가 어떻습니까?"

"존스 씨 말씀대로라면 죽은 사람이 자리에서 일어나 안에서 문을 잠갔다는 것입니까?"

"흠! 그 생각을 못했군. 상식적으로 문제를 정리해봅시다. 새디어스 숄토는 지난 밤 형과 함께 있었습니다. 그리고 둘은 다퉜지요. 여기까지가 우리가 알고 있는 사실이오. 그런데 형은 죽고 보석은 사라졌소. 이것 역시 우리가 알고 있는 바요. 그리고 동생 새디어스가 방을 떠난 이후로 바솔로뮤를 본 사람은 한 명도 없소. 게다가 바솔로뮤가 침대에서 잠을 잔 흔적도 없소. 새디어스 숄토는 지금 한눈에 봐도 극도로 불안해하고 있습니다. 생김새도……. 뭐, 그다지 호감 가는 얼굴은 아니죠. 나는 지금 숄토를 용의자로 보고 그 주위에 수사망을 쳐놓고 그물을 좁히고 있지요."

"당신은 아직 사건의 진상도 충분히 파악하지 못했습니다. 나무로 만든 이 침이 죽은 자의 머리에 꽂혀 있었는데 바솔로뮤 머리 주변을 보면 그 자국이 아직도 남아 있지요. 그것은 십중팔구 독침일 겁니다. 그리고 탁자 위에 이런 종이조각이 있더군요. 뭐라고 써 있는지 한번 읽어보시지요. 또 그 옆에는 머리 부분에 돌멩이가 달린 이상한 막대가 놓여 있었습니다. 이 모든 게 존스 씨의 의견과 일치합니까?"

"모든 점들이 내 가정을 뒷받침 해주고 있지요."

홈즈의 질문에 뚱뚱한 형사는 거드름 피우며 대답했다.

"이 집은 인도산 골동품들 천지입니다. 새디어스는 거기서 이 침을 집어왔을 거요. 그리고 이 침에 독이 묻어 있다면 이 독침을 살인 무기로 사용했을 가능성이 가장 큰 사람 또한 새디어스지요. 이 종이쪽지는 일종의 속임수입니다. 수사에 혼선을 초래하기 위한 눈가림일 가능성이 크단 말이지요. 이제 남은 문제는 그가 어떻게 이 방을 빠져나갔냐는 것입니다. 그거야 물론 천장에 뚫린 구멍을 통해서지요."

애서니 존스는 뚱뚱한 몸집에 비해 아주 날렵하게 사다리를 타고 올라가서 그 지저분한 다락으로 비집고 들어갔다. 그러더니 곧 들창을 찾아냈다고 의기양양하게 소리쳤다.

"존스도 뭔가 찾아낼 때가 있군."

홈즈는 어깨를 으쓱해보였다.

"그에게도 가끔씩 기지의 가는 빛이 비추거든. '재치 있는 바보만큼 까다로운 상대는 없다!'는 말이 있잖나."

"보십시오!"

애설리 존스가 사다리를 타고 내려오면서 말을 했다.

"뭐니뭐니해도 수사에서는 사실이 단순한 이론보다 나은 법이오. 어떻게 된 사건인지 감이 잡혔습니다. 지붕으로 통하는 들창이 있던데 반쯤 열려 있더군요."

"그 문은 제가 열어놓았습니다."

"그랬습니까? 그렇다면 홈즈 씨도 들창을 봤겠군요?"

존스는 홈즈가 들창을 먼저 발견했다는 소리에 다소 맥이 빠지는 모양이었다.

"뭐, 누가 들창을 발견했든 범인이 도망친 경로는 분명해지지 않았소? 경위!"

"네."

복도로 나가 있던 경위가 대답했다.

"숄토 씨를 이리로 들여보내게."

잠시 후 새디어스 숄토가 경위에게 이끌려 방안으로 들어왔다.

"숄토 씨, 지금부터 당신이 하는 말은 당신에게 불리하게 작용할 수도 있음을 내 직무상 알려드립니다. 새디어스 숄토 씨, 당신을 형 바솔로뮤 숄토의 살해 용의자로 체포합니다."

"그것 봐요! 내 진작 말하지 않았습니까?"

가엾은 새디어스는 두 손을 앞으로 내밀고 홈즈와 나를 번갈아 쳐다보며 소리쳤다.

"걱정하지 말아요, 숄토 씨. 내 책임지고 숄토 씨에게 씌워진 혐의를 벗겨주겠습니다."

"이론가 양반, 약속은 그렇게 함부로 하는 게 아니라오."

존스가 홈즈에게 딱딱거렸다.

"그게 홈즈 씨가 생각하는 것처럼 그렇게 만만하지는 않을 게요."

"숄토 씨의 혐의를 벗기는 것은 물론, 존스 씨 수사에 도움이 될 만한 정보를 대가 없이 알려드리죠. 어젯밤 이 방에 들어왔던 두 사람 중 한 사람의 이름은, 장담합니다만, 조나단 스몰입니다. 많이 배운 사람은 아닙니다. 몸은 작고 민첩하지만 오른 쪽 다리에 안쪽이 닳은 나무 의족을 신고 있습니다. 왼쪽 발에 신고 있는 구두는 각이 진 구두코에 뒷굽에는 징이 박혀 있지요. 나이는 중년이고 햇볕에 그을어 가무잡잡한 몸에 전과가 있는 사람입니다. 끝으로 사소한 것 하나를 더 말씀드리자면, 그자의 손바닥 껍질이 많이 벗겨졌습니다. 그리고 공범으로 말할 것 같으면……."

"아니! 공범이라고요?"

애서니 존스는 빈정거리는 투로 물었지만 홈즈의 정확한 설명에 놀라는 기색이 역력했다.

"공범은 좀 흥미로운 사람입니다."

몸을 홱 돌리며 홈즈가 말했다.

"오래잖아 그 두 사람을 존스 씨에게 소개할 수 있었으면 좋겠군요. 참, 왓슨, 잠깐 할 말이 있는데."

홈즈는 나를 층계참으로 데리고 가더니 이런 말을 했다.

"예상치 못한 일 때문에 우리가 여기 온 본래 목적을 잊고 있었네."

"나도 방금 그 생각을 했네. 모스턴 양이 이 끔찍한 곳에 남아 있을 이유가 없지."

"그러게 말일세. 자네가 댁으로 모셔다 드려야겠네. 세실 포레스터 부인 댁이 로워 캠버웰에 있다는데 여기서 먼 길도 아니라네. 자네가 다시 올 거라면 여기서 기다리고 있겠네. 혹 너무 피곤한 건 아닌가?"

"전혀 그렇지 않네. 이 기이한 사건의 전모가 밝혀지는 것을 보기 전까지는 발 뻗고 쉴 수 없을 것 같네. 나도 인생의 거친 면을 겪어봤다면 꽤나 겪어본 사람이지만, 하룻밤 새에 이렇게 괴이하고 놀라운 일들을 연이어 맞닥뜨리고 보니 그야말로 정신이 하나도 없네. 하지만 기왕 여기까지 왔으니 자네와 함께 사건이 어떻게 결말이 날지 끝까지 지켜보고 싶네."

"자네가 옆에 있어 준다면 내겐 큰 도움이 되지. 존스 이 양반은 별 것도 아닌 걸 찾아내고 사건을 다 해결한 양 좋아하고 있는데, 그는 그러라고 놔두고 우린 우리대로 이 사건을 해결하세. 모스턴 양을 숙소에 안전하게 바래다준 뒤 곧바로 램버스에 있는 강가로 내려가 핀친 로 3번지로 가게. 오른쪽으로 세 번째 집이 박제사 셔먼 집이라네. 창가에 어린 토끼를 입에 물고 있는 족제비 박제가 보일 걸세. 셔먼 영감을 깨워서 내 안부를 전하고 급히 토비가 필요하다고 하게. 셔먼 영감이 토비를 내어주면 마차에 태워 이리로 데리고 오면 되네."

"수사견인 모양이군."

"맞아. 별나게 생긴 잡종개지만 냄새 추적 하나는 기가 막히게 잘하지. 런던 경찰청의 모든 형사를 동원하는 것보다 토비의 도움을 받는 것이 훨씬 나을 걸세."

"그럼 그 개를 데려옴세. 지금이 새벽 1시니까 3시 전에는 돌아올 걸세. 물론 말을 새로 갈아 탈 수 있을 경우에야 가능한 일이지만 말일세."

"그럼 나는 번스톤 부인을 상대로 달리 알고 있는 게 없는지 물어봐야겠네. 새디어스 말에 따르면 사건이 일어난 방의 옆방에 기거하는 인도인 하인이 있다니 그에게도 몇 가지 물어볼 생각이야. 그럼 나는 그 훌륭한 존스 경감의 수사방법을 배우며 빈정거리는 말이나 듣고 있어야겠네. '사람들은 자신이 이해하지 못하는 것을 경멸하는 버릇이 있다'는 괴테의 말은 언제나 명쾌하단 말이야."

통 에피소드

나는 경찰이 타고 온 마차에 모스턴을 태워 포레스터 부인 댁으로 출발했다. 모스턴은 여성 특유의 천사와 같은 품성으로 자신보다 약해 돌봐줘야 할 사람과 함께 있는 동안에는 애써 평온한 얼굴을 짓고 있었다. 내가 아래층으로 내려갔을 때 모스턴은 겁에 질려 덜덜 떨고 있는 번스턴 부인 곁에서 밝고 차분한 태도로 앉아 있었다.

그러나 마차에 오르자마자 쓰러질 듯 휘청거리더니 곧 왈칵 울음을 터트렸다. 그날 밤, 한꺼번에 겪은 일로 마음고생이 심했던 모양이었다. 훗날 모스턴은 마차를 타고 가는 동안 내가 차가운 사람 같아 서먹서먹했다고 말했다. 그녀는 내가 마음속으로 심히 갈등했으며 또 감정을 드러내지 않으려고 얼마나 애썼는지 거의 눈치채지 못하고 있었던 것이다.

나는 바솔로뮤 집 정원에서 손을 잡았을 때부터 이미 그녀에게 연민과 애정을 느꼈다. 평범한 일상이었다면 수년을 함께 지냈다해도 그날 하루에 안 것보다 모스턴의 사랑스럽고 담대한 본성을 더 잘 알 수는 없을 것 같았다.

그런데도 나는 두 가지 이유 때문에 그녀에게 내 사랑을 전할 수 없었다. 우선 모스턴은 약하고 무력한 상태에 있었고 정신적으로도 불안했다. 이런 상황에 처해 있는 그녀에게 내 사랑을 받아달라고 요구하는 것은 남자다운 행동이 아니었다.

게다가 더욱 나쁜 상황은 그녀가 부자라는 점이었다. 만약 홈즈가 성공적으로 사건을 해결하게 된다면 그녀는 어마어마한 부를 상속받게 될 터였다. 그런데 요양 중인 군의관이 우연히 가까워졌다는 것을 빌미로 청혼을 한다면 그게 올바르고 신사다운 행동일까? 그녀가 나를 재산이나 탐내는 비열한 남자로 보지는 않을까? 나는 행여 그녀가 그런 생각을 품을까 두려웠다. 결국 이 아그라의 보물은 결코 넘을 수 없는 장애물로 그녀와 나 사이를 가로 막고 있었다.

모스턴과 나는 새벽 2시가 가까운 시각에야 세실 포레스터 부인 댁에 도착했다. 하인들은 벌써 잠자리에 들었지만 포레스터 부인은 모스턴이 받은 이상한 편지에 대한 궁금증 때문에 그때까지 자지 않고 있다가 직접 현관문을 열어주었다. 세실 포레스터 부인은 기품 있는 중년 여성이었다.

나는 그녀가 모스턴의 허리를 부드럽게 감싸 안으며 어머니같이 다정한 음성으로 맞아주는 것을 보고 참으로 흐뭇했다. 모스턴은 단지 급료를 받으며 상주하는 가정교사가 아니라 존중받는 친구임이 분명해보였기 때문이다. 모스턴이 나를 소개하자 포레스터 부인은 내게 안으로 들어가서 우리가 겪은 모험담을 들려달라고 간곡히 청했다.

하지만 아직 할 일을 남겨두고 있던 나는 중요한 볼일이 있다고 설명하고는 사건이 진척을 보이면 다시 찾아와 상세히 전해주겠노라고 약속했다. 나는 마차를 몰아 포레스터 부인 댁을 떠나며 슬쩍 뒤를 돌아보았다. 그때 계단 위에서 다정하게 붙어서 있던 우아한 두 여성의 모습과 반쯤 열린 현관문, 색유리를 통해 비치던 응접실의 불빛과 풍향계, 계단의 번쩍거리던 카펫 고정쇠가 지금까지도 눈에 선하다. 이 어둡고 끔찍한 사건 한가운데 있는 지금, 평온한 영국 가정의 모습을 힐끗 쳐다보는 것만으로도 내 마음은 훈훈해졌다.

그간 일어난 일들을 생각하면 할수록 사건은 점점 더 묘하고 음산하며 끔찍해지는 것 같았다. 가스등이 켜진 고요한 거리를 덜그럭거리며 달려가는 마차 안에서 나는 연쇄적으로 일어난 기묘한 사건들을 하나하나 되짚어가며 생각해보았다. 이제는 적어도 처음 발단이 된 문제들만큼은 아주 명쾌하게 해결되었다. 모스턴 대위가 죽었다는 것과, 누가 무슨 이유로 그

딸에게 진주를 보냈는지도 알게 되었다. 또 메리 모스턴의 주소를 찾던 광고며 그녀가 받은 편지에 얽힌 사연들도 밝혀졌다. 그런데 바로 그 때문에 우리는 그보다 더 이해하기 어렵고 비극적인 수수께끼 속으로 빠져들게 되었다.

인도의 보물, 모스턴 대위의 짐 속에서 나온 이상한 도면, 숄토 소령이 죽기 바로 전 나타난 흉측하게 생긴 괴한, 바솔로뮤가 찾아낸 보물과 그의 비극적인 죽음, 살해 현장에 남아 있는 발자국과 난생 처음 보는 무기인 독침, 모스턴 대위가 갖고 있던 도면에 적혀 있던 글과 똑같은 글귀가 적힌 종이쪽지의 발견……. 이 모든 것이 그야말로 미궁처럼 얽혀 있어서, 홈즈같이 비범한 재주를 타고난 사람이 아니라면 아무 단서도 찾아내지 못했을 것이다.

핀친 로는 램베스 아래쪽 동네로, 허름한 2층짜리 벽돌집들이 죽 늘어서 있는 거리였다. 나는 3번지 홋수를 달고 있는 집 문을 한참 동안 두드렸는데, 아무 기척이 없어 그냥 돌아서려 했다. 바로 그때, 2층 창에 쳐져 있던 커튼 뒤로 촛불이 어른거리더니 누군가 창문 밖으로 얼굴을 빼꼼히 내밀고는 소리를 질러댔다.

"썩 꺼지지 못해, 이 떠돌이 술주정뱅이야! 한 번만 더 소란을 피우면 개집 문을 열어서 개 마흔 세 마리를 몽땅 풀어놓을 테다!"

"그렇게 많이는 필요 없고 한 마리면 됩니다."

그런데 이 짱짱한 노인네는 내 말에는 아랑곳 않고 소리만 질러댔다.

"어서 꺼지지 못해! 당장 꺼지지 않으면 이 자루 속에 든 걸 레뭉치를 머리 위로 던져버릴 테다."

"하지만 저는 개가 필요해서 왔습니다."

그래도 셔먼 영감은 고집스레 외쳐댔다.

"당신 같은 작자하고 말씨름 할 생각 없으니 어서 꺼져! 내가 셋을 셀 때까지 꺼지지 않으면 이 걸레자루 맛 좀 보게 될 것이다."

"셜록 홈즈 씨가……."

홈즈라는 이름이 당장 마술 같은 효력을 발휘했다. 즉시 창 문이 쾅 닫히더니 1분도 안 돼서 현관문이 활짝 열렸다. 셔먼 영감은 호리호리한 키에 비쩍 마른 노인이었다. 양 어깨는 구 부정하게 굽었고 목에는 여기저기 힘줄이 불거져 나와 있었 다. 그리고 푸른빛이 도는 안경을 끼고 있었다.

"셜록 홈즈 씨 친구라면 언제나 환영이오. 어서 들어오쇼. 사람을 무니까 그 오소리 놈한테는 가까이 가덜 마슈. 요, 버 릇없는 놈 같으니라구! 신사 분에게 이빨 자국을 남기려고 그 러느냐?"

이 말은 우리의 창살 사이로 심술궂게 생긴 머리와 빨간 눈을 내밀고 있는 담비보고 한 소리였다.

"이 놈은 염려 마쇼. 도마뱀인데 독이 없어서 그냥 방에다 풀어놓고 있다우. 바퀴벌레를 잡아먹거든. 처음에 퉁명스럽게 군 일일랑 싹 잊어버리슈. 꼬맹이 놈들이 하도 장난질을 치는 데다 한밤중에 막무가내로 찾아와서 문을 두드려 잠을 깨우는 작자들이 워낙 많다보니 그랬수다. 그런데 선생, 셜록 홈즈 씨가 무슨 일로 댁을 이리 보냅디까?"

"개가 한 마리 필요하답니다."

"그래! 그럼 토비겠구먼."

"맞습니다. 토비라고 하더군요."

"토비는 왼쪽에서 일곱 째 우리에서 산다우."

셔먼 씨는 손에 촛불을 들고 별나디 별난 동물 가족들 사이로 천천히 걸어갔다. 어둑어둑 희끄무레한 불빛 아래 갈라진 벽 틈과 구석구석에서 수많은 눈들이 깜빡이며 우리를 내다보고 있었다. 머리 위의 서까래에도 새들이 근엄하게 앉아 있었는데, 우리 말소리 때문에 잠을 깼는지 굼뜬 동작으로 체중을 한쪽 다리에서 다른 쪽 다리로 옮겼다.

토비는 털이 복슬복슬하고 귀가 늘어진 볼품 없는 개였다. 스패니얼과 사냥개의 잡종으로 갈색과 흰색이 섞여 있었고 걸음도 뒤뚱뒤뚱 꼴사납게 걸었다. 토비는 늙은 박제사가 내게 건네준 설탕덩어리를 잠깐 동안 망설이다가 받아먹었다. 이렇게 해서 토비와 나 사이에 친화가 형성되었다. 그러자 토비는 나를 따라 마차로 왔고, 나는 별 어려움 없이 토비를 데려올 수 있었다. 팰리스(1851년, 박람회를 위해 철근과 유리로 하이드 파크에 세운 건물)에 걸린 시계가 3시를 막 칠 때 나는 폰디체리 저택으로 돌아왔다.

나는 프로권투 선수였던 맥머도가 공범으로 체포되어 새디어스 숄토 씨와 함께 경찰서로 연행되었다는 소식을 들었다. 경관 둘이 출입문을 감시하며 사람들 출입을 통제하고 있었는데 셜록 홈즈의 이름을 대자 토비와 함께 안으로 들여보내주었다.

홈즈는 담뱃대를 입에 물고 두 손을 호주머니에 찔러 넣은 채 현관 계단에 서 있었다.

"아, 토비를 데려왔군! 그래, 착하지! 애서니 존스는 가버렸네. 자네가 떠난 뒤 존스와 내가 세 싸움을 좀 했거든. 존스는 새디어스 말고도 맥머도와 번스턴 부인, 거기다 인도인 하인까지 모두 체포해갔네. 위층에 있는 경관만 빼면 이제 이 집엔 우리뿐일세. 개는 여기다 놓고 올라가 보세."

우리는 토비를 거실 탁자에 묶어두고 계단을 올라갔다. 방은 시신 위에 시트를 덮어씌운 것만 빼면 내가 떠날 때와 달라진 게 전혀 없었다. 구석에서 지친 얼굴의 경관이 벽에 기대 쉬고 있었다.

"경위, 그 각등 좀 빌려주겠소?"

홈즈가 경위에게 부탁했다.

"이제 그 등이 내 가슴 앞에 오도록 목에다 묶어주게. 됐어, 고맙네. 이제 구두도 양말도 벗어버려야 겠군. 왓슨, 이것들일랑 아래다 갖다 놔주게. 이제부터 난 등산길에 오를 참이라네. 그리고 이 손수건을 크레오소트에 담가주게. 됐네. 그럼, 잠깐 동안만 나와 다락으로 올라가보세."

우리는 천장에 뚫린 구멍을 통해 다락으로 기어올라갔다. 홈즈는 다시 한번 먼지 속에 찍힌 발자국을 불빛에 비춰보았다.

"자네 이 발자국들을 한번 유심히 들여다보게. 뭐 이상한 점 없나?"

홈즈가 긴장된 음성으로 내게 물었다.

"어린애 아니면 체구가 작은 여자의 발자국처럼 보이는데."

그러자 홈즈가 다시 물었다.

"크기 말고 다른 건?"

"그것말고는 여느 발자국과 크게 달라보이지 않는데."

"천만에. 여길 보게! 여기 먼지 위에 오른쪽 발자국이 찍혀 있지. 그 옆에다 맨발로 내 발자국을 찍어보겠네. 가장 큰 차이점이 뭐 같은가?"

"자네 발가락들은 모두 붙어 있는 반면, 저 발자국의 발가락들은 유난히 사이가 벌어져 있군."

The Sign of the Four.

Chapter I.
The Science of deduction.)

Sherlock Holmes took his bottle from the corner of the mantelpiece and his hypodermic syringe from its neat Morocco case. With his long, white, nervous fingers he adjusted the delicate needle, and rolled back his left shirt cuff. For some little time his eyes rested thoughtfully upon the sinewy fore arm and wrist all dotted and scarred with innumerable puncture-marks. Finally he thrust the sharp point home, pressed down the tiny piston, and sank back into the velvet-lined armchair with a long sigh of satisfaction.

Three times a day for many months I had witnessed this performance, but custom had not reconciled my mind to it. On the contrary, from day to day I had become more irritable at the sight, and my conscience swelled nightly within me at the thought that I had lacked the courage to protest. Again and again I had resolved that I should deliver my soul upon the subject, but there was that in the cool nonchalant air of my companion which made him the last man with whom one would care to take anything approaching to a liberty. His great powers, his masterly manner, and the experience which I had had of his many

『네 개의 기호』초고의 일부

108

"바로 그걸세. 그게 핵심이야. 꼭 기억해두게. 자, 이젠 저 들창으로 가서 나무로 된 창틀 냄새를 좀 맡아봐주겠나? 난 크레오소트를 묻힌 손수건을 들고 있으니 여기 그냥 있겠네."

나는 홈즈가 이르는 대로 목재창틀의 냄새를 맡아보았다. 강한 타르 냄새가 코를 찔렀다.

"놈이 나갈 때 밟은 곳이지. 자네가 그 냄새를 맡을 수 있을 정도라면 토비가 놈을 추적하는 건 식은 죽 먹기일 걸세. 자, 그럼 아래로 내려가서 토비를 풀어놓고 그 놀라운 활약상을 지켜보세나."

내가 1층으로 내려와보니 홈즈는 지붕 위에 있었다. 홈즈는 커다란 곤충의 애벌레처럼 지붕의 용마루를 따라 느릿느릿 기어가고 있었다. 그러더니 어느새 굴뚝 뒤로 사라졌다가는 금세 다시 나타나 이번에는 다시 반대쪽으로 사라져 보이지 않았다. 내가 집을 한 바퀴 빙 돌아가보니, 홈즈는 지붕의 처마 한 귀퉁이에 앉아 있었다.

"거기, 왓슨 자넨가?"

홈즈가 소리쳤다.

"그렇다네."

"여기로 놈이 달아났어. 그런데 그 아래 검게 보이는 건 뭐지?"

"물통이야."

"뚜껑이 덮여 있나?"

"덮여 있네."

"사다리를 놨던 흔적은 없고?"

"없네."

"빌어먹을 녀석! 위험하기 짝이 없는 곳을 고르다니. 하지만 녀석이 올라왔다면 내가 못 내려가란 법도 없지. 배수관은 꽤 단단한 것 같은데. 어쨌든, 그럼 내려가네."

발을 끄는 소리가 들리더니 랜턴이 벽면을 타고 내려오기 시작했다. 이윽고 홈즈는 물통을 가볍게 딛고는 땅위로 살짝 뛰어내렸다.

"놈이 지나간 길을 뒤쫓는 건 그리 어렵지 않았네."

이렇게 말하며 홈즈는 양말과 구두를 신었다.

"도주로를 죽 따라 내려오면서 보니 기와가 헐거워져 있더군. 게다가 놈은 서두르느라고 이걸 떨어뜨리고 갔네. 자네 같은 의사들이 쓰는 말을 빌리자면, 내가 내린 진단을 뒷받침해주는 증거지."

홈즈가 내게 들어 보여준 것은 염색한 갈잎으로 짠 작은 주머니나 혹은 쌈지였다. 가장자리에는 실로 꿰어 매단 값싸고 조악한 구슬 몇 개가 달려 있었는데 모양이나 크기로 보면 담배주머니 같기도 했다. 안을 뒤져보니 검은 나무로 만든 침 열댓 개가 들어 있었다. 한쪽 끝은 뾰족하고 반대쪽 끝은 둥그스름한 게 바솔로뮤 숄토에게 꽂혀 있었던 침과 같은 것이었다.

홈즈가 그 물건을 내게 넘겨주며 주의를 주었다.

"섬뜩한 물건이야. 찔리지 않게 조심하게. 어쨌든 이 흉측한 물건을 손에 넣게 돼서 안심일세. 아마도 이게 녀석이 가진 전부일 것 같으니 자네나 나나 이 침에 찔릴 염려는 줄어들었네 그려. 나라면 이 독침에 찔려 죽느니 차라리 마티니 총알을 맞겠네. 그건 그렇고 자네 10킬로미터 정도 되는 거리를 걸을 수 있겠나?"

"물론이지."

"자네 다리가 버텨줄까?"

"그런 염려는 말게."

"이리 나오렴, 착한 우리 강아지! 이 냄새 좀 맡아보렴. 어서 토비, 맡아 봐!"

홈즈는 크레오소트를 묻힌 손수건을 토비의 코에다 바싹 대었다. 그랬더니 토비는 복슬복슬한 다리를 벌리고 아주 우스꽝스럽게 고개를 쳐들고서는 마치 유명 포도주 향을 음미하는 포도주 감식가처럼 코를 킁킁댔다. 그런 다음 홈즈는 손수건을 멀리 던져버리고 토비의 가죽목걸이에다 단단한 끈을 매어 물통 밑으로 데려갔다. 그러자 토비는 꼬리를 곧추세운 채 코를 땅에 박더니 사납게 컹컹 짖어대기 시작했다. 그리고는 냄새의 자취를 따라 전속력으로 달리기 시작했다. 개가 줄이 팽팽히 당겨질 정도로 날쌔게 움직이는 바람에 우리는 있는 힘을 다해 달음박질해야 했다.

　동쪽 하늘이 서서히 밝아오기 시작하자 차가운 회색 빛 속에서 꽤 먼 곳까지 시야에 들어왔다. 정방형의 웅장한 저택은 캄캄하고 텅 빈 창문과 민숭민숭하니 휑한 담벼락에 둘러싸인 채 처량 맞게 우뚝 솟아 있었다. 토비는 정원을 폐허로 만들며 여기저기 파헤쳐진 도랑과 구덩이를 요리조리 피해가며 정원을 가로질러 달려갔다. 여기저기 흙더미가 쌓여 있고 관목들이 제멋대로 자라있는 정원은 집안을 감싸고 있는 음울한 참극 때문인지 더욱 황폐하고 불길한 분위기를 주고 있었다.

　토비는 담벼락에 도착하기가 무섭게 계속 킁킁거리며 벽 그림자 밑을 내달리다가, 어린 너도밤나무 한 그루가 가로막고 서 있는 구석에 다다라서야 멈춰 섰다. 담벼락 두 개가 만나는 부분에 벽돌 몇 개가 빠져나와 있었다. 메우지 않고 그대로 놔둔 틈새는 아래쪽 모가 둥그스름하게 닳아 있었는데, 그걸로 보아 사람들이 종종 사다리 대신 그것을 밟고 올라다닌 것 같았다. 홈즈가 먼저 벽을 오르더니 내게서 토비를 받아 반대쪽으로 내려주었다.

　"외다리 사내의 손자국이 있네."

　옆으로 올라가고 있는 내게 홈즈가 말했다.

　"여기 하얀 벽토 위에 핏자국이 살짝 보이지? 어제 이후로 큰비가 오지 않은 게 얼마나 다행인가! 달아난 지 28시간이 지나긴 했지만 놈이 남긴 냄새가 길 위에 아직 남아 있을 걸세."

솔직히 나는 그사이 수많은 차량과 사람들이 거리를 지나다녔을 것을 떠올리며 홈즈의 추측을 그대로 받아들이지는 않았다. 그러나 얼마 안 있어 내 염려는 기우로 밝혀졌다. 토비란 놈은 망설이거나 엉뚱한 길로 새거나 하는 법이 절대 없었다. 그 특유의 뒤뚱거리는 걸음걸이로 계속 걸어나갈 뿐이었다. 크레오소트의 지독한 냄새가 다른 어떤 냄새보다 강하게 나는 게 틀림없었다.

이때 홈즈가 한마디 했다.

"범인 중 한 명이 화학약품에 발을 담갔다는 단순한 우연 덕분에 내가 이 사건을 성공적으로 해결하리라고는 생각지 말게. 이게 아니라도 범인들을 추적할 수 있는 방법은 얼마든지 있네. 하지만 이것이 가장 쉬운 방법이지. 제 발로 찾아온 행운을 마다한다면 그것도 과히 잘 하는 일은 아니거든. 하지만 한편으로는 그 때문에 처음에는 상당히 복잡해보여서 두뇌를 많이 쓸 것이라고 기대했던 문제가 너무 쉽게 풀려 아쉽기도 하네. 이렇게 명백한 단서만 없었다면 이 사건으로 어느 정도 명성을 얻을 수도 있었을 텐데 말이야."

"명예는 따 놓은 당상이네. 그것도 남아돌 정도지. 홈즈, 나는 자네가 이 사건을 하나하나 해결해나가는 걸 보며 정말 감탄하고 있네. 제퍼슨 호프 살해사건 때보다 훨씬 더 놀라고 있지. 내게는 이번 사건이 더 난해하다 못해 불가해한 문제로 보였거든. 예를 들면 자네는 어떻게 그렇게 자신 있게 외다리 사내를 묘사할 수 있었나?"

"체, 이보게 친구! 그건 간단하기 짝이 없는 일이었네. 과찬은 사양하겠네. 그건 누구라도 짐작할 수 있을 만큼 분명하니까. 죄수 수용소 경비대의 장교 두 명이 숨겨진 보물에 대한 중요한 비밀을 알게 되었네. 조나단 스몰이라는 자가 이 두 사람에게 보물이 묻혀 있는 곳의 지도를 그려주었지. 우리가 모스턴 대위의 소지품 속에서 발견한 종이쪽지에 적힌 이름들 중에 그 이름이 있던 것은 기억하고 있겠지? 이 조나단 스몰이란 자는 자기 자신과 공모자들을 위해 그 도면 위에 표시를 했네. 그리고 이 표시를 극적으로 보이게 하려고 '네 개의 기호'라 불렀지. 이 도면을 가지고 두 장교, 아니면 둘 중 하나가 보물을 찾아 영국으로 가져오네. 그런데 그 도면을 받는 대가로 약속했던 조건을 지키지 않았을 걸세. 자, 그럼 조나단 스몰은 왜 직접 그 보물을 찾지 못했을까? 답은 뻔하네. 그 도면이 그려진 시기는 모스턴 대위가 죄수들과 긴밀한 관계를 맺기 시작한 때였네. 그러니까 조나단 스몰이 직접 보물을 차지하지 못한 까닭은 자신은 물론 공모자들이 모두 죄수의 몸이었기 때문이지."

"하지만 그건 추측에 불과한 게 아닌가."

"아니, 그 이상일세. 지금까지 밝혀진 어떤 사실도 설명할 수 있는 유일한 가설일세. 이 가정이 이후에 벌어진 상황과 어떻게 들어맞는지 살펴보세. 숄토 소령은 혼자 보물을 차지한 채 몇 년 동안 평화롭고 행복하게 지냈네. 그러다가 인도에서 보낸 편지를 받고 무척 놀랐네. 그게 무슨 편지였을까?"

"자신이 배신한 자들이 석방되었다는 편지였겠지."

"아니면 탈옥했다거나. 그쪽이 가능성이 훨씬 크지. 숄토 소령은 그자들이 감옥에서 얼마 동안 썩어야 할지 알고 있었을 테니 그들의 석방 소식이라면 새삼 놀랄 일도 없었을 걸세. 그런데 소령은 그 후에 어떤 행동을 취했나? 외다리 사내를 몹시 경계하기 시작했네. 소령은 의족을 매매하는 한 백인 장사꾼을 외다리 사내로 착각하고 그에게 총을 쏘기까지 했거든. 그걸 보면 이 외다리 사내는 백인임이 분명해. 헌데 도면 위에 적힌 이름들 중에 백인은 단 한 명뿐일세. 다른 이름들은 힌두교도 아니면 회교도의 이름이었지. 그러니 백인은 조나단 스몰이고, 의족을 한 사람이라고 자신 있게 말할 수 있는 거지. 이 추리에서 비논리적인 부분이 있다고 생각하나?"

"아니. 간결하고 명쾌해."

"자, 그럼 이제 조나단 스몰의 입장에서 생각해보기로 하세. 문제를 그자의 시각으로 보자는 거지. 그는 두 가지 목적을 가지고 영국으로 왔네. 하나는 제 몫의 보물을 찾는 것이고 다른 하나는 자신의 몫을 가로채고 달아난 자에게 복수하는 것이지. 그자는 숄토 소령이 살고 있는 집을 찾아냈어. 그런 다음 집안 사정을 전해줄 집안의 누군가와 내통하기 시작했을 걸세. 이건 상당히 신빙성이 있는 가정일세. 우린 아직 보지 못한 사람이지만 랄 라오라는 집사가 있다네. 번스턴 부인 말을 들어보니 과히 좋은 사람은 아닌 것 같네. 하지만 스몰은 보물이 어디에 감춰져 있는지 알아내지 못했어. 왜냐하면 숄토 소령과 이미 저 세상으로 간 소령의 충직한 하인을 제외하고는 아무도 보물이 어디 감춰져 있는지 몰랐으니까. 그러던 어느 날 스몰은 소령이 임종을 앞두고 있다는 사실을 알게 되었네. 보물에 대한 비밀이 소령과 함께 영원히 묻혀버리면 어쩌나 하는 두려움 때문에 미칠 지경이 되어버린 스몰은 삼엄한 경계로 인해 발각될 위험을 무릅쓰고, 죽어가는 소령한테로 달려온 거라네. 그런데 창문으로 들여다보니 소령의 두 아들이 임종을 지키고 있는 바람에 방으로 들어갈 수 없었지. 게다가 숄토는 보물이 감춰진 장소를 미처 말하기도 전에 죽어버렸네. 하지만 죽은 소령에 대한 증오를 이길 수 없었던 스몰은 그날 밤 소령의 방으로 들어가 보물과 관련한 메모라도 찾고자 소령의 소지품을 뒤져보았지. 결국 아무것도 찾아내지 못한 스몰은 종이조각에다 몇 마디 적어 자기가 다녀간 흔적을 남겼네. 그자는 틀림없이 자신이 소령을 죽이게 될 경우 시체 위에 그런 표시를 남기겠다고 훨씬 전부터 생각해두었을 걸세. 그것이 단순한 살해가 아니라 정의를 행사했다는 표시로서 말이지. 공모자 네 사람이 볼 때 그건 엄연히 정의의 심판이니까. 범죄 기록을 살펴보면 이런 유의 별스런 행동은 아주 일반적인데, 보통은 범인에 대한 중요한 증거를 제공하지. 여기까진 이해하겠나?"

"아주 분명하게 이해하네."

"그럼, 그 다음 조나단 스몰이 할 수 있는 일이 무엇이었을까? 그자가 할 수 있는 일은 보물을 찾아내려고 애쓰는 바솔로뮤를 은밀하게 감시하는 게 전부였을 거야. 아니면 얼마 동안 영국을 떠나 있다가 가끔씩 돌아와 확인했을 가능성도 다분하고. 그러다가 바솔로뮤가 다락방을 발견했다는 소식을 듣고 즉시 달려온 거라네. 여기서 우리는 그가 집안 누군가와 내통하고 있다는 가정을 사실로 굳힐 수 있지. 의족을 한 조나단이 바솔로뮤 숄토가 발견한 다락방에까지 올라간다는 건 완전히 불가능한 일이네. 조나단은 좀 별난 공범을 동원해서 맞닥뜨린 곤란을 멋지게 해결했지. 헌데 공교롭게도 그 공범자가 맨발로 크레오소트를 밟고 만 거지. 그래서 결국 이렇게 토비가 등장하고 아킬레스건을 다쳐 휴직 중인 장교가 10킬로미터나 되는 장거리를 절뚝거리며 걷고 있는 게 아닌가."

"그렇다면 살인을 저지른 건 조나단 스몰이 아니라 그 공범자라는 말이군."

"물론이지. 조나단은 오히려 그 일로 화를 냈네. 방에 들어와서 돌아다닌 흔적을 보고 판단하건대, 조나단은 바솔로뮤 숄토에게 아무 원한이 없었네. 그저 바솔로뮤를 묶어놓고 입에 재갈을 물리는 정도로 끝내고 싶었을 걸세. 교수형 당하고 싶은 생각은 없었을 테니까. 하지만 조나단도 별 수 없었을 걸세. 생각지도 않게 자신이 데려온 공범이 야만적인 본능을 억제하지 못하고 바솔로뮤에게 독침을 쏘아 죽였으니 말이야. 조나단은 할 수 없이 종이조각에 네 개의 기호를 써서 자신이 다녀간 흔적을 남겨놓고는 보물상자를 가져갈 수밖에 없었지. 이상이 그간 일어난 일련의 사건을 내 나름으로 추리한 거라네. 그자의 용모를 한번 추측해볼까? 나이는 중년일 테고 안다만 섬 같은 열대지방에서 오랫동안 복역을 했으니 피부는 검게 그을렸을 걸세. 키는 보폭을 보면 쉽게 가늠할 수가 있지. 그리고 그가 수염을 기르고 있다는 걸 우린 벌써 알고 있네. 창문에 코를 대고 매달려 있던 그를 본 새디어스에게 뚜렷한 인상을 남길 정도로 조나단은 얼굴이 온통 털투성이지. 내가 아는 건 이 정도라네."

"그럼 공범은?"

"아, 공범에 관해서라면 대단한 비밀이랄 것도 없네. 하지만 조금만 기다려보게. 곧 모두 밝혀질 걸세. 아, 아침 공기 한

번 상쾌하군! 저기 떠있는 작은 구름 덩어리를 좀 보게. 마치 거구의 홍학 몸에서 떨어져 나온 분홍색 깃털처럼 부드럽고 가벼워보이지 않나? 런던 하늘 위에 떠있는 구름 띠 위로 아침 해가 고개를 내밀려 하는군. 장담하지만, 저 태양이 비추고 있는 수많은 사람들 중에 자네와 나보다 더 괴이한 일에 매달리고 있는 이들도 없을 걸세. 자연의 위대한 힘 앞에서 우리 인간의 야망과 그 야망을 이루기 위한 분투가 얼마나 하찮게 보이나! 참, 자네 장 파울(18~19세기 활동한 독일 소설가)의 작품은 웬만큼 읽었나?"

"꽤 읽었지. 칼라일을 거쳐 장 파울에게로 되돌아가는 중이네."

"실개천을 따라서 모천으로 회귀를 했네 그려. 장 파울은 흥미로우면서도 의미심장한 말 한마디를 남겼네. '인간이 진정으로 위대하다는 것을 증명하는 것은 자신이 얼마나 보잘것없는 존재인가를 자각하는 데 있다.' 다시 말해 사물의 진가를 올바로 비교하고 평가하는 능력 자체가 인간이 위대하다는 것의 증거라는 말이네. 장 파울의 저서는 풍부한 사상을 담고 있지. 그건 그렇고, 자네 권총 가지고 왔나?"

"나한텐 지팡이가 있지 않나."

"놈들의 소굴에 도착하면 무기 같은 게 필요할 걸세. 조나단은 자네에게 맡김세. 하지만 다른 놈들이 덤벼들면 내가 이 총으로 해결해주지."

이렇게 말하며 홈즈는 권총을 꺼내 보이더니 총알 두 발을 장전한 다음, 겉옷 오른쪽 주머니에 다시 집어넣었다.

이런 얘기를 주고받는 동안 우리는 토비가 이끄는 대로 전원풍의 교외주택들이 죽 늘어선, 런던으로 통하는 길을 따라 내려갔다. 그리고 길게 쭉 뻗은 거리로 접어들었다. 그곳에 이르니 인부들과 부두노동자들이 벌써 일어나 부산하게 움직이는 모습이 보였고, 매춘부들은 가게문을 닫고 현관 계단에 비질을 하고 있었다. 모퉁이에 몰려 있는 선술집들은 이제 막 장사를 시작했는지 텁수룩하게 생긴 사내들이 아침 해장술을 마시고 소매로 수염을 훔치며 하나 둘씩 나오고 있었다.

우리가 지나가자 가게 주위를 서성거리던 지저분한 개들이 수상쩍은 눈으로 쳐다보았다. 하지만 우리의 천하무적 토비는 한눈 한번 파는 법 없이 그저 땅바닥에 코를 박은 채 계속 앞으로 나아갔다. 가다가 가끔씩 크레오소트 냄새가 강하게 나는 곳에서는 잠시 멈춰 서서 컹컹 짖어대곤 했다.

우리는 지그재그로 왔다갔다하며 스트리트햄, 브릭스턴, 캠버웰을 지나서 어느 새 오벌의 동쪽으로 뻗은 켄닝턴 로에 들어섰다.

우리가 뒤쫓는 자들은 추적을 따돌리려는 생각에 일부러 퇴로를 지그재그로 복잡하게 잡은 듯했다. 큰 도로와 나란히 뒷길이 나 있으면 절대 큰길을 택하지 않았다. 그들은 켄닝턴 로

가 끝나는 지점에서 왼쪽으로 방향을 틀어 본드 가와 마일즈 가를 가로질러 갔다.

마일즈 가에서 '기사의 광장'으로 꺾이는 지점에 다다르자 토비가 멈춰 섰다. 그러더니 한쪽 귀는 쫑긋 세우고 다른 쪽 귀는 축 늘어뜨린 채 그 자리에서 뒤로 달려갔다가는 다시 앞으로 달려오는 게, 꼭 뭐 마려운 개 모습이었다. 그러더니 동그랗게 원을 그리며 어기적어기적 걷다가는 이따금씩 우리 두 사람을 올려다보았는데, 마치 이러지도 저러지도 못하는 있는 자신을 이해해 달라는 표정이었다.

"개가 도대체 왜 저러지?"

홈즈가 짜증을 냈다.

"그자들이 마차를 탔을 리도 없고 기구를 타고 하늘로 날아가 버린 것도 아닐 텐데 말이야."

"어쩌면 여기서 한참동안 서 있었는지도 모르지."

내 생각을 얘기했다.

"아! 이제 됐군. 개가 다시 움직이기 시작했네."

홈즈가 마음을 놓으며 말했다.

토비는 정말로 움직이기 시작했다. 다시 한번 빙 돌며 냄새를 맡더니 갑작스레 마음을 잡은 듯, 아직까지 한 번도 보여주지 않던 박력 있고 단호한 발걸음으로 쏜살같이 달리기 시작했다. 크레오소트 냄새가 강하게 나는 모양인지 코를 땅에다 대지도 않은 채, 목에 맨 끈을 세게 잡아당기며 내달렸다. 홈즈의 눈이 번쩍였다. 우리가 목적지에 다 와 가고 있다고 생각하는 게 분명했다.

우리는 나인 엘름을 달려 내려가서 화이트 이글 여인숙을 막 지난 지점에 있는 브로데릭 앤 넬슨 야적장에 도착했다. 토비는 미칠 듯이 흥분해서는 옆문을 지나 울타리 안으로 뛰어들어갔다.

야적장 안에서는 인부들이 벌써 톱질을 하고 있었다. 토비는 톱밥과 대팻밥 더미를 헤치고 내려가더니 샛길을 돌아 목재 더미 사이를 전속력으로 달렸다.

마침내 토비는 의기양양한 모습으로 컹컹 짖어대며, 실려온 채 손수레 위에 그대로 놓여 있는 커다란 통으로 뛰어 올라갔다. 토비는 혀를 축 늘여 빼고 눈을 깜빡이며 칭찬을 기다리는 듯 우리 두 사람을 번갈아 쳐다봤다. 통과 그 통이 실려 있는 손수레의 바퀴는 검은 빛깔의 액체가 묻어 있었고, 주위는 크레오소트 냄새로 진동했다. 홈즈와 나는 어이가 없어서 서로를 멍하니 쳐다보다 동시에 배를 잡고 넘어질 정도로 웃었다.

베이커 가 소년 탐정단

"이젠 어쩌지?"

내가 물었다.

"토비도 불패의 명성을 잃고 말았군."

"토비는 제 나름의 판단에 따라 행동했네."

홈즈는 이렇게 말하며 토비를 통 위에서 번쩍 들어서는 야적장 밖으로 걸어 나가게 바닥에 내려놓았다.

"하루에 런던에서 운반되는 크레오소트 양이 얼마나 많은지 생각해보면 우리의 추적이 방해를 받은 사실은 그렇게 놀랄 일도 아닐세. 요즘 들어 크레오소트의 사용이 부쩍 늘었다네. 특히 목재를 건조시키는 데 많이 쓰이지. 그러니 추적이 실패한 것이 토비 탓은 아니라네."

"냄새가 강하게 난 곳에서 다시 시작해야 할 거 같은데."

내가 제안했다.

"그렇지. 그나마 멀리 가지 않아도 되니 다행일세. 분명 기사의 광장 모퉁이에서 토비가 헷갈려했던 건 서로 반대되는 두 방향에서 냄새가 났기 때문이었네. 그런데 그때 엉뚱한 방향을 택한 거지. 이번에는 우리가 왔던 반대쪽으로 가기만 하면 되겠군."

문제는 어렵지 않게 해결됐다. 방향을 잘못 잡았던 지점으로 데려다 놓자마자 토비는 커다란 원을 그리며 한 바퀴를 돌고 두루 냄새를 맡더니 드디어 새로운 방향으로 내달리기 시작했다.

"이번엔 우리를 크레오소트 통을 싣고 온 곳으로 데려가는 건 아니겠지?"

"나도 그 생각을 했네. 하지만 보게나. 토비는 지금 계속 인도로 가고 있지 않나. 하지만 크레오소트 통은 차도로 운반되었네. 걱정 말게. 이번엔 제대로 가고 있으니."

토비는 벨몬트 플레이스 가와 프린스 가를 가로질러 강기슭으로 달려 내려갔다. 브로드 가의 끝에 다다라서는 즉시 물가로 내려갔다. 거기에는 나무로 세운 부두가 있었다. 우리는 토비를 따라 부두의 맨 끝까지 갔다. 토비는 컹컹 짖어대며 부두 아래에 흐르고 있는 시커먼 바닷물을 바라보았다.

"우리 운은 여기서 다했군. 그자들은 여기서 배를 타고 달아났네."

홈즈가 맥이 풀린 목소리로 말했다.

나룻배와 소형 범선 서너 척이 부둣가에 대 있거나 물 위에 떠 있었다. 우리는 토비를 이 배 저 배에 일일이 옮겨 태워보았다. 하지만 토비는 킁킁거리며 열심히 냄새를 맡을 뿐, 별다른 반응을 보이지 않았다.

허술한 선창 가까이에 둘째 창문에 나무 간판을 내건 작은 벽돌집 한 채가 있었다. 간판 위쪽에는 '모드케이 스미스'라는 큼지막한 가로 글씨 아래에 '시급 또는 일급으로 보트 대여'라고 쓰여 있었다. 출입문 위에 다른 간판에는 증기선 대여도 가능하다고 적혀 있었는데, 선착장 위에 쌓여 있는 석탄 두 더미를 보니 증기선이 맞는 것 같았다. 천천히 주위를 둘러본 홈즈의 얼굴이 어두웠다.

"이거 조짐이 안 좋은데."

홈즈가 착잡한 심정을 내비쳤다.

"생각보다 치밀한 자들이야. 추적을 따돌리려고 한 것 같아. 아무래도 사전에 치밀한 계획을 세우고 움직인 모양일세."

홈즈가 벽돌집 문으로 다가가고 있는데 갑자기 문이 열리더니 여섯 살쯤 되어보이는 곱슬머리 남자아이가 후다닥 뛰어나왔다. 그 뒤를 혈색 좋은 얼굴에 뚱뚱한 여자가 손에 목욕용 스펀지를 들고 따라나왔다.

"잭, 이리 와서 씻지 못해!"

여자가 달아나는 아이 뒤통수에 대고 소리를 질렀다.

"어서 돌아오라니까, 요 개구쟁이야! 아버지가 집에 돌아오셔서 네 더러운 꼴을 보면 우린 분명 잔소리 꽤나 들을 거다."

"너 참 귀엽게 생겼구나!"

홈즈는 속에 다 생각이 있어 아이에게 말을 붙였다.

"볼이 발그레하니 예쁘기도 해라! 그런데 잭, 너 뭐 갖고 싶은 거 없니?"

남자아이는 잠깐 동안 곰곰이 생각을 하더니 이렇게 말했다.

"1실링."

남자아이가 잠깐 동안 고심을 하고 나더니 말했다.

"그보다 더 좋은 건 없구?"

"2실링이 더 좋아."

영특한 아이가 생각을 다시 한 끝에 내린 답이었다.

"자 여기 있으니 가지렴!"

홈즈는 동전을 내어 보이며 아이가 다가올 때까지 기다렸다.

"잡았다!"

홈즈는 도망가던 아이를 엄마에게 데려다 주며 말했다.

"사랑스런 아드님을 두셨군요. 부인!"

"아유, 별말씀을요. 애가 원래 저렇답니다. 너무 개구쟁이라 저 혼자 힘으로는 점점 다루기 힘들 지경이지요. 특히 남편이 가끔 집을 비울 때는 가뜩이나 더 말썽을 피우니 원……."

"바깥어른이 댁에 안 계시다니 어디 가셨습니까?"

홈즈는 낙담해서 축 쳐진 목소리로 물었다.

"그것 참 유감이군요. 스미스 씨에게 할 말이 있어 왔는데."

"남편은 어제 새벽에 나가 여태껏 안 들어왔어요. 사실 저도 슬슬 남편 걱정을 하고 있던 참이랍니다. 하지만 배가 필요하신 거라면 제가 태워다 드릴 수도 있는데요."

"저는 증기선을 빌릴까 하는데요."

"아이고, 이걸 어쩌나! 증기선은 남편이 몰고 나갔는데요. 그래서 제가 이렇게 마음을 못 놓고 안절부절못하고 있답니다. 제가 알기로 그 증기선에는 석탄이 겨우 울위치까지 갔다 올 정도밖에 실려 있지 않았거든요. 남편이 나룻배를 타고 나갔다면야 이렇게 걱정하지 않았을 텐데. 일 때문에 나룻배를 타고 그레이브센드까지 다닌 적이 여러 번 있었고, 또 거기서 할 일이 많으면 며칠 묵다가 올 때도 있거든요. 하지만 연료가 바닥난 증기선을 가지고 할 일이 뭐 있다고 여태 안 돌아오고 있는지 모르겠네요."

"석탄이라면 강 아래 부두에서 사셨는지도 모르죠."

"그랬는지도 모르죠. 하지만 남편은 웬만해서는 그런 법이 없거든요. 몇 포대만 사면 값을 비싸게 물린다고 투덜대는 소리를 여러 번 들었죠. 게다가 전 그 외다리 남자가 영 싫거든요. 그 추한 얼굴하며 어서 들어본 적도 없는 이상한 말씨나 쓰고……. 그런데 대체 뭐 때문에 걸핏하면 우리집 문을 두드리는 걸까요?"

"외다리 남자라구요?"

홈즈는 일부러 놀라는 척을 하며 되물었다.

"그렇다니까요. 햇볕에 타서 시커먼 게 꼭 원숭이 낯짝처럼 생긴 작자인데, 그가 우리 집 양반을 여러 차례 불러냈거든요. 어젯밤 자고 있는 남편을 깨운 것도 그 작자였다니까요. 그런데 한 술 더 떠서 남편은 그 사람이 올 줄 미리 알고 있더라구요. 이미 증기선에 발동까지 걸어 놨던 걸요. 솔직히 말하면 왠지 마음이 놓이질 않아요."

"괜한 걱정을 하고 계신 것 같은데요."

홈즈는 어깨를 으쓱 하며 이렇게 말했다.

"어젯밤 바깥어른을 찾아온 사람이 외다리 남자가 아닐 수도 있지 않습니까? 어떻게 그렇게 단정을 내리시는지 납득이 가지 않는데요."

"목소리죠. 저는 좀 걸걸하면서도 분명치 않은 그 남자의 목소리를 알고 있거든요. 그자가 문을 똑똑 두드렸지요……. 대충 새벽 3시쯤이었을 거예요. 창문을 두드리며 '일어나게, 친구! 출발할 시간이야'라고 말하더군요. 그러자 우리 집 양반은 큰아들 짐을 깨워 그 길로 가버리더군요. 저한테는 한 마디

말도 없이 말입니다. 나무 의족이 돌바닥에 딱딱 부딪치는 소리를 분명 들었어요."

"그런데 외다리 남자는 혼자였습니까?"

"글쎄요. 다른 사람 소리는 못 들은 것 같은데."

"어쨌든 실례가 많았습니다, 부인. 하지만 제가 원한 건 증기선이라서. 게다가 댁의 배에 대해 좋은 소문을 들은 터라……. 가만 있자, 그 증기선 이름이 뭐였지요?"

"오로라 호예요."

"아! 녹색 바탕에 노란 선을 두른 낡은 증기선은 아니겠죠?"

"그럼요, 아니고말고요. 오로라 호는 강 위에 있는 다른 배와 마찬가지로 말쑥하니 손질이 잘 된 작은 배랍니다. 최근에 검은 바탕에 빨간 줄 두 개를 칠해 새 단장을 했는걸요."

"고맙습니다. 바깥어른한테서 속히 소식이 있기를 바랍니다. 그럼 저는 강으로 내려가 보겠습니다. 혹시 강을 내려가다가 오로라 호를 보게 되면 부인이 걱정하고 계시더라고 전해 드리겠습니다. 굴뚝이 검은색이라고 하셨던가요?"

"아뇨. 검은색 바탕에 하얀 띠를 둘렀답니다."

"아, 그렇지요. 선체 색깔이 검은색이었지요. 그럼 부인, 안녕히 계십시오. 왓슨, 저기 나룻배에 뱃사공이 있군. 저 배를 타고 강을 건너가 보세."

"저런 사람들하고 말을 할 때 항상 유념해야 할 점은 말일세……."

나룻배에 앉은 홈즈가 이야기를 시작했다.

"그들이 하는 말이 자네한테는 별로 중요하지 않다는 인상을 주어야 한다는 거라네. 그렇지 않으면 사람들은 당장에 조가비처럼 입을 꼭 다물어버리거든. 대신 말꼬리를 잡으면서 들으면 자네가 원하는 정보를 얻을 확률이 그만큼 높아지지."

"이제 우리가 뭘 해야 할지 분명해진 것 같군."

내가 말했다.

"그게 뭔데?"

"증기선 한 척을 빌려서 강을 따라 내려가며 오로라 호를 추적하는 거지."

"여보게 친구 그게 그렇게 간단한 문제가 아니라네. 다리 아래로 수십 킬로미터에 걸쳐 수도 없이 많은 부두들이 들어서 있는데, 오로라 호가 여기서부터 그리니치까지 강 양쪽에 있는 어느 선착장을 거쳐 지나갔는지 어떻게 알겠나? 혼자서 한다면 그 많은 부두를 일일이 찾아가 탐문하는 데만 몇날 며칠이 걸릴지 모를 일이라네."

"그럼 경찰에 협조를 구할까?"

"아니. 애서니 존스는 마지막 순간에 부를 생각이네. 그만하면 괜찮은 편에 속하고 나는 그 사람의 자존심에 상처를 주고 싶지도 않으니까. 하지만 이왕 우리가 여기까지 끌고 왔으니, 이 사건은 나 혼자 해결해볼 생각이네."

"부두 관리인들에게 정보제공을 요청하는 광고를 내보면 어떻겠나?"

"백해무익한 행동일세! 그건 놈들한테 우리가 바짝 뒤쫓고 있다는 걸 알리는 것이나 마찬가지거든. 그랬다가는 그자들이 이 나라를 뜨고 말 걸세. 놈들은 그러고도 남을 걸. 하지만 잡힐 염려가 없다는 확신이 서면 서둘러 움직이지는 않을 걸세. 그런 점에서 우리는 애서니 존스의 왕성한 활동력 덕을 좀 보게 될 걸세. 그의 수사 방향을 일간지들이 앞다퉈 보도할 테니 범인들은 그걸 읽고 경찰이 엉뚱한 데나 파고 있다고 마음을 놓을 테니까."

"그럼 이제부턴 어쩔 셈인가?"

밀뱅크 교도소 근처에 내렸을 때 내가 물었다.

"이 마차를 타고 집으로 가서 아침 식사를 간단하게 한 뒤에 한숨 자두는 게 좋겠어. 아무래도 오늘밤에 또 움직여야 할 것 같아. 여보시오, 마부! 전신국 앞에서 좀 세워주게! 토비는 그냥 우리가 데리고 있는 게 좋겠어. 혹 일이 또 있을지도 모르니까."

홈즈는 그레이트 피터 가 전신국 앞에서 마차를 세우게 한 뒤 어디론가 전보를 치고 나왔다.

마차가 다시 출발을 하자 홈즈가 내게 물었다.

"내가 어디에다 전보를 친 것 같은가?"

"전혀 모르겠는데."

"자네 제퍼슨 호프 사건 때 내가 동원했던 베이커 가 소년 탐정단 기억나나?"

"기억하다 마다."

나는 껄껄 웃으며 대답했다.

"이 사건 역시 그 친구들의 활약이 절대적으로 필요한 경우일세. 만에 하나 그 애들이 배를 찾아내지 못하더라도 다른 방안이 있긴 하지만 우선은 그들에게 맡겨볼 참이네. 꼬질꼬질한 내 꼬맹이 부관 위긴스에게 전보를 이미 보냈다네. 아마 위긴스와 그 일당은 우리가 아침 식사를 끝내기도 전에 들이닥칠 거야."

벌써 시간은 8시를 넘어 9시를 향하고 있었다. 나는 지난 밤 내내 흥분과 긴장 속에서 기괴한 일들을 연이어 겪은 터라 그 후유증이 있으리라 짐작은 하고 있었지만 역시나 나른하고 피곤한 게, 정신은 몽롱하고 몸은 지칠 대로 지쳐 기운이 하나도 없었다. 내겐 홈즈처럼 모든 일을 감당할 만한 직업적 열정이 없었다. 게다가 나는 사건을 그저 하나의 사건으로, 좀더 냉철하고 객관적으로 직시하지도 못했다.

바솔로뮤 숄토의 죽음에 관해서는 그에 대해 들은 말이 모두 좋지 않은 것들뿐이라 그를 살해한 범인들에 대해서도 분노나 강한 반감 같은 것은 없었다. 그렇지만 보물은 다른 문제였다. 적어도 보물 일부는 당연히 모스턴의 몫이었다. 그러니 이를 되찾을 가망이 있다면 나는 그 한가지 목표에 내 인생이라도 바칠 각오가 되어 있었다. 사실 내가 보물을 찾으면 그녀는 내가 영영 잡을 수 없는 존재가 될지도 모른다. 하지만 그런 생각 때문에 흔들린다면 쩨쩨하고 이기적인 사랑에 지나지 않으리라.

홈즈가 범인을 찾아내는 재미로 일을 한다면, 내겐 보물을 찾기 위해 분투해야 할 이유가 열 배는 더 있었다.

베이커 가에 도착해서 목욕을 하고 옷을 갈아입었더니 기운이 펄펄 나는 것 같았다. 내려와 보니 식탁에는 이미 아침상이 차려져 있고, 홈즈는 잔에 커피를 따르고 있었다.

"이것 좀 보게나."

홈즈가 웃으면서 펼쳐놓은 신문을 가리켰다.

"정력 넘치는 존스와 사건이 발생한 곳마다 신출귀몰하는 기자가 짝짜꿍이 돼서는 사건을 그럴싸하게 정리해놨다네. 하지만 이런 경우를 어디 한두 번 겪어보나. 어차피 짐작하고 있었던 일이니 먼저 아침이나 들게나."

나는 홈즈한테서 신문을 받아들고 짧은 기사를 읽었다. 〈스탠다드〉지에 실린 기사로서, 제목은 '어퍼 노우드의 괴사건'이었다.

어젯밤 자정, 바솔로뮤 숄토 씨가 어퍼 노우드 폰디체리 저택, 자신의 방에서 숨진 채로 발견되었다. 여러 정황으로 보아 타살 가능성이 짙다. 사체에서 어떤 외상도 발견되지 않았지만 피살자가 작고한 부친에게서 물려받아 소장하고 있었다는 고가의 인도산 보석들이 사라졌다. 이 사건 현장을 최초로 목격한 사람은 피살자의 동생인 새디어스 숄토와, 그와 함께 폰디체리 저택을 방문한 셜록 홈즈 씨와 왓슨 박사다.

이 와중에서 아주 다행스럽게도 런던 경찰청의 유명한 수사관 애서니 존스 씨가 우연히 노우드 경찰서에 들렀다가 신고를 받고 30분 만에 사건현장에 도착했다. 존스 씨는 다년간에 걸친 훈련과 풍부한 경험을 바탕으로 즉시 범인 색출에 나서서 피살자의 동생인 새디어스 숄토는 물론 가정부 번스턴 부인, 랄 라오라는 인도인 집사와 문지기 맥머도를 체포하는 개가를 올렸다.

분명한 사실은 단독 범행이든 공범이 있었던 이 사건은 폰디체리 저택의 구조를 잘 알고 있는 자의 소행이라는 것이다. 존스 씨는 탁월한 전문 지식과 아무리 사소한 단서도 그냥 지나치지 않는 뛰어난 관찰력을 발휘하여 범인들이 현관문이나 창문이 아닌, 건물 지붕의 들창을 통해 사체가 발견된 방에 인접해 있는 곳으로 들어왔다는 사실을 밝혀냈다. 이것은 본 사건이 우연히 발생한 단순 절도가 아니라는 것을 분명하게 입증한다.

이번 사건에서 나타난 경찰의 민첩하고 효과적인 대처는 한 사람의 정력적이고 노련한 인물이 현장 가까이 있는 것이 얼마나 중요한지를 보여주고 있다. 이 사건은 우리의 형사들이 여러 지역으로 분산되어 배치되어 있는 것이 수사를 좀더 치밀하고 효과적으로 펼치는 데 유익하다는 주장에 힘을 실어주고 있다.

"기사 한번 멋들어지지 않나?"

홈즈가 커피 잔을 들고 싱글거렸다.

"하마터면 우리도 체포당할 뻔했군."

"내가 봐도 그렇군. 만일 존스가 한번만 더 힘이 넘쳤다가는 우리 안전도 장담할 수 없겠는걸."

바로 이때 종소리가 요란스럽게 울리더니 안주인인 허드슨 여사가 목소리를 높여 가며 누군가를 꾸짖는 소리가 들렸다.

"홈즈, 경찰이 정말 우리를 잡으러 온 모양이네."

엉거주춤한 자세로 내가 이렇게 말했다.

"아닐세. 그렇게 나쁜 일이 아니니 마음 놓게. 외인부대인 베이커 가 소년 탐정단이 몰려온 모양이네."

홈즈가 이 말을 마치자 마자 맨발로 잽싸게 계단을 뛰어오르는 소리며 목청 높이 떠들어대는 소리가 들리더니 누더기를 걸친 꾀죄죄한 부랑아들 열댓 명이 방으로 들이닥쳤다. 들어올 때는 와자지껄 소란스러웠지만 들어오자마자 바로 가지런히 줄을 맞춰 서서 기대에 찬 얼굴로 우리를 쳐다보는 걸 보니 그래도 나름대로 규율이 있어 보였다.

그 중 제일 키가 크고 나이도 들어 보이는 친구가 점잔을 빼며 앞으로 나섰다. 초라한 무리 속에서 그래도 뻐기는 모습을 보니 우스꽝스럽기 짝이 없었다.

"전갈을 받자마자 애들을 급히 데려왔습니다. 배표를 사느라 3실링 6펜스가 들었습니다."

"여기 있다."

홈즈가 은화 몇 닢을 내주었다.

"이렇게 여러 명이 한꺼번에 몰려오지 말고 앞으로는 위긴스 너를 통해 내가 지시하고 보고 받는 식으로 하지. 하지만 이 얘긴 너희들 모두 같이 들어두는 게 좋겠군. 내가 원하는 건 오로라 호라는 증기선의 행방이다. 선주는 모드케이 스미스. 선체는 검은 색 바탕에 빨간 줄 두 개를 둘렀고, 굴뚝은 검은 색 바탕에 하얀 색 띠를 두르고 있다. 배는 강 아래 어딘가에 있다. 너희들 중 한 명은 밀뱅크 교도소 반대편에 있는 모드케이 스미스 선착장에 붙어 있다가 배가 돌아오는 즉시 내게 보고하도록. 너희들은 두 무리로 갈라져서 양쪽 강기슭을 샅샅이 뒤져보거라. 배에 대한 소식을 입수하면 내게 바로 전해라. 무슨 말인지 알아들었나?"

"예, 대장님!"

위긴스가 씩씩하게 대답을 했다.

"수고비는 예전 그대로다. 하지만 그 배를 발견하는 사람에겐 1기니를 더 주겠다. 여기, 오늘 하루치는 선불이다. 자, 그럼 출발하도록!"

홈즈는 한 녀석 당 1실링씩을 건네주었다. 소년들은 저희들끼리 웅성웅성 떠들어대며 계단을 내려가더니 금세 거리로 우르르 몰려 나갔다.

"증기선이 강 어딘가에 떠 있다면 녀석들이 찾아낼 걸세."

자리에서 일어나 파이프에 불을 붙이며 홈즈가 말을 이었다.

"녀석들은 어디든 가고, 무엇이든 볼 수 있으며, 사람들 사이에서 오고가는 얘기라면 무슨 얘기든 다 주워듣고 다닌다네. 오늘 저녁 안으로 오로라 호의 소재를 알아낼 거야. 그때까지 우리는 하릴없이 기다려보는 수밖에 없네. 오로라 호나 선주인 모드케이 스미스를 찾아내기 전에는 종적을 감춰버린 범인들을 추적할 방법이 없으니 말일세."

"토비에게는 먹고 남은 음식을 주면 되겠군. 홈즈, 한잠 자두지 그러나?"

"아니. 피곤하지가 않아. 난 특이 체질이거든. 일 때문이라면 피로를 느껴본 적이 한 번도 없지만, 아무것도 하지 않고 게으름을 피우면 온 몸이 늘어져 꼼짝도 못하게 되지. 그러니 나는 담배나 피우면서 아름다운 의뢰인 덕분에 개입하게 된 이 기이한 사건을 재검토해볼 생각이네. 세상에서 쉬운 일을 찾는다면 이번 일만한 게 없지. 나무 의족을 한 남자는 그리 흔치 않으니까. 거기다 공범 역시 아주 별난 작자임에 틀림없어."

"또 그 공범 얘긴가!"

"그자에 대해 입 다물고 있을 생각은 없네. 그것도 자네한테는. 그러나 자네도 나름대로의 이론을 세워보는 게 좋을 거야. 자, 그간 수집한 정보를 한번 정리해볼까? 작은 발자국, 발가락의 틈새가 넓은 걸 보아 신발에 구속되어본 적이 없는 발가락, 맨발이었다는 점, 끝에 돌을 묶은 막대기, 대단히 민첩한 행동, 짧은 독침…… 이 모든 사실을 종합해보면 뭐 떠오르는 거 없나?"

"원주민!"

퍼뜩 그 생각이 떠올랐다.

"조나단 스몰과 공모했던 그 인도인들 중 하나 아닐까."

"그럴 가능성은 거의 없네. 처음에 이상한 무기를 보고는 나도 그런 생각을 했지. 하지만 그 특이한 발자국을 보고는 생각이 바뀌었네. 인도인들 중에는 체구가 아주 작은 종족들이 있긴 하지만 우리가 본 것 같은 발자국을 가진 부족은 없네. 힌두교도들의 발은 길쭉하고 폭이 좁은 반면, 회교도인들은 샌들을 신어 샌들의 가죽끈이 엄지와 나머지 발가락들 사이에 걸리기 때문에 그 사이가 많이 벌어져 있네. 이 조그만 독화살 역시 쏘는 방법은 한 가지밖에 없어. 대롱에 넣어 입으로 불어 쏘는 거지. 자, 그럼 그런 원주민을 어디에서 찾아볼 수 있을까?"

"남아메리카."

나는 자신 없는 목소리로 말했다.

홈즈는 책꽂이로 팔을 뻗어 두툼한 책 한 권을 뽑았다.

"이게 최근 발행된 지명 사전의 첫 권일세. 아마 현재로서는 가장 권위 있는 지명사전이라고 할 수 있을 걸세. 여기에 뭐라고 써 있는지 볼까?

'안다만 제도. 수마트라 북쪽으로 544킬로미터 지점, 벵골만 내에 위치.'

음……. 이게 다 뭐야?

'습한 기후, 산호로 이루어진 암초, 상어, 블레어 항, 죄수 수용소, 러틀랜드 섬, 사시나무…….'

아, 여기 있군!

'안다만 제도 원주민은 지구상에서 가장 작은 종족으로 추정된다. 하지만 아프리카의 부시맨과 아메리카 대륙의 디거인디언과 푸에고 군도 사람들이 가장 작은 종족이라는 주장이 일부 인류학자들 사이에서 주장되고 있다. 평균 신장은 1미터 20센티미터를 밑돌며, 성장이 끝난 성인들 중 상당수가 이보다 훨씬 더 작다. 이들은 성미가 까다롭고 사나운 데다 고집이 세지만 일단 상대방을 신뢰하게 되면 아주 헌신적인 우정을 맺기도 한다.'

왓슨, 이 점이 중요하니 주목하고 다음 말을 들어보게.

'이들은 선천적으로 몹시 추하게 생겼으며 머리는 기형적으로 크고 비뚤어져 있다. 눈은 작고 매서우며 얼굴은 보기 흉하게 일그러져 있는 데다가 손발이 무척 작다. 성격이 매우 까다롭고 흉포한 까닭에 이들을 교화하려는 영국 관헌의 노력에 조금의 진전도 없다. 난파당한 뱃사람들에게 이들은 언제나 공포의 대상이다. 이들은 살아남은 선원들의 머리를 돌로 만든 곤봉으로 후려치거나 독화살을 쏘아 죽인다. 이렇게 뱃사람들을 살육한 뒤에는 예외 없이 시체의 고기를 가지고 잔치를 벌인다.'

어때 왓슨, 소름끼치는 사람들 아닌가! 만약 스몰이 이 공범을 제멋대로 행동하게 내버려두었다면 이 사건은 훨씬 더 끔찍해졌을지도 모르지. 지금까지의 일만으로도 조나단 스몰은 이 미개인을 끌어들인 걸 후회할 것 같은데."

"그런데 스몰은 어떻게 그런 괴이한 친구를 공범으로 두게 되었을까?"

"거기 관해서는 나도 알고 있는 바가 없네. 그렇지만 우리가 일단 스몰이 안다만 섬에서 복역했다는 사실을 생각하면 이 친구가 스몰과 같이 있다고 해서 그렇게 놀랄 일도 아니지. 조만간 이 문제와 관련해서도 진상이 밝혀질 걸세. 그런데 왓슨, 자네 무척 피곤해보이는군. 소파에 눕게. 내가 편안하게 재워줄 테니."

홈즈는 구석에서 바이올린을 집어들고는 내가 누워 있는 소파 옆에서 몽환적인 저음의 가락을 연주하기 시작했다. 본래 즉흥연주에 놀라운 재능이 있으니 분명 그 곡도 홈즈가 즉흥적으로 연주한 곡일 것이다.

그의 가녀린 팔과 진지한 얼굴, 바이올린의 활이 오르락내리락 하던 모습이 지금도 어렴풋이 기억난다. 그 다음엔 부드러운 소리의 바다 위를 평화스럽게 떠다니는 기분을 느꼈던 것 같다. 그러다 나도 모르는 사이 꿈나라로 가니 메리 모스턴의 사랑스런 얼굴이 나를 내려다보고 있었다.

빠진 고리

나는 오후 늦은 시각에서야 잠에서 깨어났다. 자고 나니 몸도 가뿐하고 기분도 상쾌했다. 홈즈는 내가 잠들기 전의 자세 그대로 앉아 있었다. 달라진 것이 있다면 바이올린을 내려놓은 채 책에 깊이 빠져 있다는 점이었다. 내가 잠에서 깨어나 조금씩 움직이기 시작하자 홈즈가 나를 바라보았는데 그의 얼굴은 어둡고 그늘이 져 있었다. 홈즈가 먼저 입을 열었다.

"우리 얘기 소리에 잠을 깰까봐 걱정했는데 누가 업어가도 모르게 자더군."

"아무 소리도 못 들었는데. 그럼 뭐 새로운 소식이라도 있었나?"

"불행히도 전혀 없네. 사실을 말하자면 결과가 의외라서 놀랍고 당혹스럽네. 나는 이 시간쯤이면 뭔가 분명한 소식이 있을 줄 알았거든. 방금 위긴스가 다녀갔는데 증기선의 흔적을 어디서도 찾아내지 못했다더군. 그야말로 1분 1초가 아까운 상황에 이런 성가신 문제로 발이 묶이다니 답답하군."

"내가 뭐 할 일은 없나? 잠을 자고 일어났더니만 몸도 가볍고 기운이 나는 게 오늘 밤 또 나가도 문제없겠어."

"아니, 지금으로선 기다리는 것 외에는 아무런 할 일도 없네. 만약 우리가 자리를 비운 사이에 중요한 전갈이라도 오면 오히려 일이 지체되기만 할 걸세. 자네일랑 자네 볼일을 보게. 하지만 나는 무슨 연락이라도 올지 모르니 여기 지켜 앉아 있어야겠네."

"그럼 난 캠버웰에 들러 세실 포레스터 부인을 보고 옴세. 어제 부인이 내게 좀 들러달라고 청했거든."

"세실 포레스터 부인을 보고 온다고?"

홈즈가 장난기가 도는 눈웃음을 치며 물었다.

"음, 그야 물론 메리 모스턴도 함께지. 두 숙녀가 일이 어떻게 돌아가는지 듣고 싶어 하더군."

"나라면 너무 많은 얘기는 하지 않을 걸세. 여자란 자고로 전적으로 믿을 만한 상대가 못 되거든. 아무리 훌륭한 여자라도 마찬가지라네."

나는 이 말도 안 되는 편견을 두고 옥신각신하기 싫어 아무 대꾸도 않고 말을 돌렸다.

"한두 시간 안에는 돌아올 걸세."

"좋네! 그럼 행운을 비네! 헌데 자네 강을 건너갈 거면 토비를 돌려다 주고 오게. 이제는 토비의 힘을 빌릴 일이 없을 것 같아서 말이네."

나는 토비를 끌고 핀친 로에 사는 늙은 박제사에게 돌려주면서 금화 10실링을 얹어 주었다. 캠버웰에 도착해보니 모스턴은 지난밤에 겪은 일로 좀 지쳐보였다. 하지만 무척 진지한 태도로 내가 들려주는 소식에 귀를 기울였다. 포레스터 부인 역시 호기심에 눈을 반짝이며 내 얘기를 들었다.

나는 두 여성에게 그간 홈즈와 내가 하고 다닌 일을 전부 들려주지만 가장 끔찍한 부분은 두 사람이 놀랄까봐 언급을 피했다. 바솔로뮤 숄토의 죽음을 전할 때도 그가 살해당한 사실만 간단히 언급했지 구체적인 살해 방법이나 도구에 대해서는 설명하지 않았다. 그러나 이렇게 조심스럽게 걸러진 이야기를 듣고도 두 여성은 놀라움에 가슴을 쓸어 내렸다.

"모험담이 따로 없네요!"

포레스터 부인은 열정적으로 감동을 표현했다.

"마치 소설 같아요. 피해를 본 숙녀에, 50만 파운드를 호가하는 보물, 식인종에 의족을 한 외다리 악당. 이 모든 얘기들이 이전 모험담에 나오는 판에 박힌 용이나 사악한 백작보다는 훨씬 재미있네요."

메리 모스턴, 작가미상

"거기다 두 기사 분이 약자를 구하러 오셨구요."

내게 반짝이는 눈을 돌리며 모스턴이 한마디 거들었다.

"어머, 메리, 너의 운명이 이 사건의 결과에 달려 있는데도 별 관심이 없어 보이는구나. 어쩌면 그렇게 태연하니? 엄청난 부자가 되어 세상을 네 발 아래 두는 기분이 어떨지 한번 상상해봐!"

모스턴이 자신의 앞에 펼쳐질 화려한 미래에 조금도 득의만면한 기색을 보이지 않는 것을 보고 나는 가슴에 짜릿한 기쁨을 느꼈다. 오히려 그녀는 보물 같은 것에는 별 관심 없다는 듯이 고고하게 머리를 젖혔다.

"제가 염려하는 것은 새디어스 숄토 씨예요. 그밖에는 달리 중요하다고 생각되지 않네요. 그분은 처음부터 아주 친절하고 올바르게 행동하셨어요. 끔찍하고 근거 없는 혐의를 벗겨드리는 것이 우리가 할 일이라고 생각해요."

저녁 무렵 캠버웰을 떠난 나는 아주 캄캄한 밤이 돼서야 집에 도착했다. 홈즈가 읽던 책과 담뱃대가 의자 옆에 놓여 있었지만 정작 홈즈는 어디론가 가버리고 없었다. 혹 쪽지를 남겨놓지 않았나 주위를 둘러보았지만 아무것도 눈에 띄지 않았다.

"홈즈가 외출한 모양이네요."

블라인드를 내리려고 올라온 허드슨 부인에게 내가 지나가는 말처럼 물었다.

"아니에요, 박사님. 홈즈 씨는 여태껏 방에 틀어박혀 있었어요."

허드슨 부인은 목소리를 낮추고 내게 속삭이듯 말했다.

"난 홈즈 씨가 어디 아픈 건 아닌지 걱정이에요."

"왜요, 허드슨 부인?"

"음, 그러니까 홈즈 씨 행동이 좀 이상했거든요. 박사님이 나간 후 어찌나 방안을 왔다갔다하고 계단을 오르락내리락 하든지, 나중에는 홈즈 씨 발소리에 그만 진저리가 날 지경이었다니까요. 그 다음엔 중얼중얼 혼잣말을 해대면서 종만 울리면 계단으로 나와서는 '누굽니까, 허드슨 부인?' 하고 묻더라구요. 그러고는 문을 쾅 소리가 나게 닫고 방으로 들어가 버리셨어요. 그 다음엔 여전히 안절부절 못하고 왔다갔다하는 소리가 들리고…… 원, 그러다 몸이라도 상하면 어쩌시려고 하는지. 용기를 내서 진정제를 먹어보는 게 어떻겠냐고 물어봤더니 홈즈 씨가 내 얼굴을 쳐다보는데, 그 표정이 얼마나 이상하던지 무슨 정신으로 그 방을 나왔는지도 모르겠다니까요."

"크게 걱정하지 않으셔도 될 겁니다, 부인."

나는 이렇게 말하며 불안해하는 허드슨 부인을 안심시켰다.

"전에도 종종 그럴 때가 있었거든요. 약간 신경 쓰이는 일 때문에 흥분해서 그런 겁니다."

나는 우리의 훌륭한 여주인에게 별일 아닌 것처럼 이야기하려고 애썼지만, 사실 긴 밤 내내 방안을 서성이는 홈즈의 둔탁한 발소리를 듣고 있노라니 나도 조금은 불안해졌다. 거기다 지금처럼 부득이하게 두 손 놓고 앉아 있어야 하는 상황이 신경이 예민한 홈즈에게 얼마나 힘든 일인지 알고 있기에 더더욱 마음이 편치 않았다.

아침 식사 때 홈즈는 핼쑥하고 초췌한 모습으로 나타났다. 양쪽 뺨은 열이 있는 듯 불그레했다.

"자네, 몸을 너무 혹사시키는 거 아닌가."

내가 한마디 했다.

"밤새 자지 않고 방안을 이리저리 서성이는 소리가 들리던데……"

"잘 수가 없었네. 이 골치 아픈 문제가 사람을 기진맥진하게 하는구먼. 모든 문제를 다 해결한 판에 사소한 난관에 발이 묶여 꼼짝 못하게 되다니, 이거야 원 답답해서……. 범인들이 누군지, 또 어떤 배를 타고 달아났는지 모든 걸 다 알아냈는데 정작 어디에 있다는 소식이 없으니 미치겠네. 내가 동원할 수 있는 수단은 모두 투입해서 강 양쪽을 이 잡듯이 뒤졌는데, 아무 단서도 발견되지 않았고 스미스 아내도 남편 소식을 전혀 듣지 못했다고 하네. 상황이 이러니 배에 구멍을 뚫어 강바닥에 가라앉힌 건 아닌가 하는 생각마저 든다니까. 하지만 그럴 가능성은 거의 없지."

"아니면 스미스 아내가 우리를 헷갈리게 하려고 잘못된 정보를 흘려준 게 아닐까."

"아니, 그렇지는 않은 것 같네. 여기저기 조사해본 결과, 스미스 아내가 말한 증기선은 있는 게 틀림없거든."

"배가 강 상류로 올라가 버린 건 아닐까?"

"나도 그 가능성을 고려해봤네. 그래서 소년 탐정단을 파견했지. 지금 리치몬드까지 뒤지며 올라가는 중일 걸세. 만일 오늘까지 기다려봐도 소식이 없다면 내일은 내가 직접 찾아 나설 생각이야. 그때는 배를 찾기보다는 사람을 찾을 걸세. 하지만 틀림없이 뭔가 소식이 있긴 있을 걸세."

하지만 우리 기대는 보기 좋게 빗나갔다. 위긴스에게서나 다른 수색대들에게서도 이렇다 할 만한 소식은 전혀 들어오지 않았다.

대부분의 신문이 노우드의 비극에 대한 기사를 싣고 있었는데, 그 기사들은 전부 가엾은 새디어스 숄토를 범인으로 몰고 있는 듯했다. 하지만 다음 날 심리가 있을 거라는 사실만 빼면 어떤 신문도 새로운 사실을 싣지는 않았다.

나는 저녁에 캠버웰로 걸어가 모스턴과 포레스터 부인에게 사건이 잘 풀리고 있지 않다는 소식을 전했다. 그런 다음 숙소로 돌아와보니 홈즈는 낙심한 나머지 시무룩한 얼굴로 앉아 있었다. 내가 뭘 물어도 대답을 하는 둥 마는 둥 하면서 저녁 내내 복잡한 화학 실험에 몰두했다. 그 실험은 증류기에 열을 가해 증기를 증류하고 마지막에는 지독한 냄새를 피우며 끝나는데, 그 냄새가 어찌나 고약하던지 나는 그만 방에서 도망쳐 나와 버리고 말았다. 새벽녘까지도 시험관이 부딪치며 쨍그랑거리는 소리를 들었기 때문에 나는 홈즈가 그때까지도 악취 속에서 실험을 계속했다는 걸 알았다.

이른 새벽 나는 흠칫 놀라 눈을 떴다가, 홈즈가 뱃사람처럼 두꺼운 모직 재킷을 걸치고 올이 성긴 빨간 목도리를 두르고 내 침대 옆에 서 있는 모습을 보고는 깜짝 놀랐다.

"왓슨, 나는 강을 따라 내려가 볼 생각이네. 이 사건을 두고 이제까지 여러모로 생각을 해봤는데, 가능성은 딱 한 가지뿐일세. 여하튼 한번 시도해볼 만한 가치가 있는 것 같네."

"같이 가도 되겠나?"

"아니. 자네는 내 대신 여기 남아있게. 그 편이 일을 처리하는 데 훨씬 나을 걸세. 사실 나도 별로 가고 싶진 않네. 어젯밤 위긴스가 풀이 죽어 나타나긴 했지만 오늘은 분명 연락을 해올 것 같거든. 그러니 자네가 내 대신 내 앞으로 편지랑 전보가 오면 모두 뜯어보고, 혹시 무슨 소식이라도 있으면 자네 판단에 따라 행동을 취해주게. 자넬 믿어도 되겠지?"

"염려 말게."

"나한테 전보 같은 건 칠 수 없을 거야. 나도 내가 어디에 있을지 모르니까. 하지만 운이 좋으면 생각보다 빨리 돌아올 수도 있을 걸세. 뭔가 정보를 얻으면 바로 돌아오겠네."

아침 먹을 때가 되도록 홈즈로부터 아무 소식도 없었다. 그런데 〈스탠다드〉 지를 펼쳐보니 이 사건에 대해 다음과 같은 새로운 보도가 실려 있었다.

어퍼 노우드의 비극에 관해, 이 사건은 당초 예상보다 훨씬 복잡하고 기이한 사건이 될 조짐이 보인다. 새로 밝혀진 증거에 따르면 새디어스 숄토 씨가 이 사건에 관련되어 있다는 추리는 전적으로 오판임이 밝혀졌다. 숄토 씨와 가정부 번스턴 부인은 어제 저녁 석방되었다.

그러나 경찰이 진범들에 대한 단서를 잡은 듯하고, 넘치는 열정과 명민함으로 이름 높은 런던 경찰국의 애서니 존스 씨가 이 사건을 담당하고 있으니 범인은 머지않아 체포될 것으로 예상된다.

어쨌든 숄토 그 사람이 혐의를 벗게 됐으니 그나마 다행이었다. 그런데 새로운 단서라는 게 어떤 건지 궁금하지만 경찰이 실책을 범했을 때면 늘 늘어놓는 상투적인 표현 같았다.

나는 신문을 탁자 위에 내던졌다. 그런데 바로 그때 신문의 개인 광고란에 실린 광고 하나가 눈에 띄었다.

실종. 임대 보트 선주 모드케이 스미스와 그의 아들 짐이 지난 화요일 새벽 3시경에 증기선 오로라 호를 타고 스미스 선착장을 떠난 뒤 아직까지 돌아오지 않고 있음. 선체는 검은 바탕에 붉은 줄 둘, 굴뚝은 검은 바탕에 흰 띠를 둘렀음. 제보해주시는 분에게 사례비로 5파운드를 드림. 모드케이 스미스와 오로라 호의 소재를 아는 분은 스미스 부인이나 스미스 선착장, 혹은 베이커 가 221B로 연락 바람.

이 광고는 틀림없이 홈즈의 작품이었다. 베이커 가 주소가 실린 것만 봐도 능히 짐작이 갔다. 나는 기발한 착상이라고 생각했다. 범인들 눈에는 실종된 남편을 걱정하는 아내가 낸 광고로밖에 비치지 않을 테니까 말이다.

정말이지 기나긴 하루였다. 현관에서 노크하는 소리가 나거나 거리를 지나가는 잰 발자국 소리만 들려도 홈즈가 돌아왔거나 광고를 보고 찾아온 제보자가 아닐까 하는 생각이 들었다. 책이라도 읽어보려했지만 어쩌다 말려든 이 괴이한 모험과 우리가 쫓고 있는 도무지 서로 어울릴 것 같지 않은 두 명의 악당 쪽으로 나도 모르게 자꾸만 생각이 갔다. 혹 홈즈의 추리에 어떤 근본적인 오류가 있는 건 아닐까 하는 의심도 갔다. 홈즈의 추리에 근본적인 결함이 있는 것은 아닐까? 그가 아무리 추론적이고 두뇌 회전이 빠르더라도 잘못된 전제 위에다 터무니없는 가설을 세우고 있는 것은 아닐까? 지금까지 그가 한 추리에서 틀린 것을 본 적이 없다. 하지만 원숭이도 나무에서 떨어질 때가 있지 않은가? 어쩌면 홈즈가 자신의 논리를 지나치게 정교하게 다듬다가 오류에 **빠졌을** 수도 있다는 생각이 들었다. 홈즈는 원래 쉽고 평범한 설명을 손에 쥐고도, 복잡하고 남의 의표를 찌르는 기발한 설명을 만들어내기를 더 좋아하니까 말이다. 게다가 자신의 연역적 추리 방법을 설명하기 위해 여러 논리를 늘어놓는 경향이 있는 터였다.

그러나 이번 사건은 내 눈으로 직접 증거를 확인했고, 그 친구의 추리가 분명한 근거를 바탕으로 하고 있다는 사실도 알고 있었다. 연달아 일어나는 괴이한 상황들을 돌이켜보면, 그 자체로는 사소해보여도 분명 모두 동일한 방향을 향하고 있었다. 그렇다보니 홈즈의 논리에 잘못된 부분이 있다고 해도, 진상 역시 그에 못지 않은 기이하고 놀라울 거라 생각하지 않을 수 없었다.

오후 3시쯤 종이 시끄럽게 울리더니 현관에서 고압적인 목소리가 들렸다. 놀랍게도 목소리의 주인공은 다름 아닌 애서니 존스였다. 그런데 그는 그사이 영 딴 사람이 되어 있었다. 어퍼 노우드에서 상식 운운하며 자신만만하게 사건을 접수하면서 퉁명스럽고 거드름 피우던 모습은 전혀 찾아볼 수가 없었다. 의기소침한 표정에 태도는 유순하다 못해 미안해서 어쩔 줄 몰라 하는 것처럼 보였다.

"안녕하십니까? 셜록 홈즈 씨는 안 계신가 보군요."

"그렇습니다. 언제 돌아올지도 알 수 없답니다. 그래도 기다리실 생각이라면, 여기 의자에 앉아 시가라도 한 대 태우시지요."

"고맙습니다. 그럼 앉아서 기다려 볼까요?"

이렇게 말하며 애서니 존스는 무늬가 요란한 손수건으로 얼굴의 땀을 훔쳤다.

"위스키소다 한 잔 하시겠습니까?"

"반잔만 주십시오. 요즘이 일년 중에서 제일 더운 때라 나같은 사람은 지내기가 여간 힘들지 않군요. 게다가 엄청난 사건으로 고민하다보니 더 그렇습니다. 노우드 사건에 대한 내의견은 이미 알고 계시겠죠?"

"전에 말씀하신 내용을 기억하고 있습니다."

"그런데, 그걸 부득이 재고하지 않을 수 없게 됐습니다. 나는 새디어스 숄토를 범인으로 보고 단단히 그물망을 쳐놓았는데 그 그물에 큰 구멍이 뚫렸지 뭡니까. 그는 명확한 알리바이가 있더군요. 형 바솔로뮤의 방을 나가고 난 뒤 한 번도 다른 사람들의 눈 밖으로 벗어난 적이 없었습니다. 그 후에 그의 알리바이를 증명해줄 수 있는 목격자가 있습니다. 그러니 그는 지붕 위로 올라가 천장을 통해 형이 있던 방으로 내려가지 않았다는 것이 증명된 셈이죠. 너무 수수께끼 같은 사건이라 잘 못했다가는 그 동안 내가 형사로서 쌓아온 명성이 하루아침에 무너질 위기에 처해 있답니다. 그러니 누가 조금이라도 도와

준다면 그 이상 기쁠 수가 없을 겁니다."

"살다보면 누구나 도움이 필요할 때가 있는 법이죠."

"셜록 홈즈 씨는 정말 대단한 사람입니다."

존스가 허물없는 사람끼리 주고받는 은근한 말투로 말했다.

"절대로 중간에 포기할 사람이 아니지요. 홈즈 씨는 아직 젊은 나이인데도 수많은 사건에 개입했으며, 실패한 적은 한 번도 없다는 것을 알고 있습니다. 방법은 변칙적이고 곧바로 결론으로 내닫는 경향이 있긴 하지만, 전체적으로 볼 때 형사로서 가장 성공할 만한 자질을 갖췄다고 생각합니다. 이 점에 대해 다른 사람들이 뭐라 말하건 나는 분명히 그렇게 주장할 수 있습니다. 오늘 아침 홈즈 씨에게 전보를 받았는데, 숄토 사건을 풀만한 어떤 단서를 포착한 것 같더군요. 이게 그 전보입니다."

애서니 존스는 주머니에서 전보를 꺼내 내게 건네주었다. 정오에 포플러에서 보낸 것이었다.

> 즉시 베이커 가로 갈 것. 내가 돌아와 있지 않은 경우 도착할 때까지 기다리기 바람. 숄토 사건의 범인들 뒤를 바짝 추적 중임. 사건 종결 현장에 함께 하고 싶다면 오늘 밤 동행해도 무방함.

"좋은 소식이군요. 홈즈가 다시 단서를 찾아낸 게 틀림없군요."

반가운 소식에 기뻐하며 내가 말했다.

"아, 그렇다면 홈즈 씨도 잘못 짚은 적이 있단 말이군요!"

애서니 존스가 흥분해서 소리를 질렀다. 얼굴에 흡족한 기색을 띠며 말을 이었다.

"가장 뛰어난 탐정이라도 실패할 때가 있게 마련입니다. 물론 이번 일도 헛짚었을 수 있지만, 어떤 기회도 소홀히 하지 않고 철저하게 조사하는 게 형사의 의무지요. 그런데 아래층에 누가 온 것 같습니다. 홈즈 씨가 아닐까요?"

계단을 올라오는 무거운 발소리와 함께 심하게 헐떡거리는 숨소리가 들렸다. 그 사람은 계단을 올라오는 것이 무척 힘에 부치는지 중간에 한두 번 발소리가 멎기도 하면서 간신히 계단을 다 올라와 우리가 있는 방으로 들어왔다. 방에 들어온 사람은 우리가 계단에서 나는 소리를 들으며 예상했던 모습 그대로였다.

낯선 방문객은 선원 복장을 한 노인이었다. 그는 선원들이 입는 두꺼운 윗도리를 목까지 단추를 채워 입고 있었다. 등은 구부정하고 무릎은 덜덜 떨렸으며, 천식을 앓고 있는지 숨을 가쁘게 몰아쉬고 있었다.

노인은 참나무로 만든 굵은 지팡이에 의지하고 서서 힘겹게 숨을 들이쉬고 있었는데, 턱 둘레에 붉은 색 목도리를 칭칭 감고 있어 얼굴을 제대로 볼 수가 없었다. 보이는 것이라고는 숱 많은 허연 눈썹과 희끗희끗한 구레나룻을 빼면 예리하게 빛나는 검은 두 눈뿐이었다. 이 모든 것이 한데 어우러져 현재 노인은 노쇠하고 궁핍한 처지에 처해 있으나, 왕년에는 잘 나가던 선장이었을 법한 인상을 주었다.

"어르신, 어쩐 일로 오셨습니까?"

내가 인사 겸 용건을 물었다.

노인은 나이든 사람들 대부분이 그렇듯 꼼꼼하게 주위를 둘러보더니 천천히 입을 열었다.

"셜록 홈즈 씨가 여기 있소?"

"아닙니다. 하지만 제가 그 사람의 대리로 일을 보고 있으니, 전하고 싶은 말이 있으시다면 무슨 말씀인지 저에게 하시지요."

"홈즈 씨에게 직접 말해야겠소."

"하지만 말씀드린 대로 지금은 제가 그 사람 역할을 대신하고 있습니다. 모드케이 스미스의 증기선에 관한 것입니까?"

"그렇다오. 나는 그 배가 어디 있는지 잘 알고 있지. 그뿐인 줄 아시오. 홈즈 씨가 추적하고 있는 사람들이 어디 있고, 보물이 어디 숨겨져 있는지도 알고 있지. 나는 이 사건과 관련된 일이라면 모든 걸 알고 있어."

"그럼 제게 말씀해주시지요. 홈즈에게 그대로 전하겠습니다."

"다른 사람이 아니라 홈즈 그 사람한테 직접 말해야 한다니까 그러네."

노인은 고집스럽게 같은 말만 되풀이했다.

"정 그러시다면 홈즈가 올 때까지 여기서 기다리시지요."

"아니, 그건 싫어. 누구 좋으라고 아까운 시간을 그냥 썩여 버리나? 홈즈 씨가 없다면 할 수 없지 뭐. 그 사람 혼자 힘으로 찾아보는 수밖에. 댁들이 뭐라든지 난 알 바 없네. 난 한 마디도 안 할 테니."

노인이 발을 끌며 문으로 걸어갔다. 하지만 애서니 존스가 노인의 앞을 막아섰다.

"영감님, 잠깐만요. 중요한 정보를 갖고 오신 모양인데 그냥 가시면 어떻게 하십니까? 영감님이 싫다하셔도 할 수 없습니다. 홈즈 씨가 돌아올 때까지는 못 나가십니다."

노인은 서둘러 문을 향했다. 하지만 애서니 존스가 그 넓은 등판으로 문을 막아서자 노인도 저항해봤자 소용없다는 것을 깨달은 듯 이내 포기했다.

"아니, 무슨 이런 대접이 다 있어!"

화가 난 노인은 지팡이로 마루 바닥을 쾅쾅 내리치며 소리를 질렀다.

"셜록 홈즈라는 신사를 보려고 왔더니만 어디 듣도 보도 못한 것들이 나를 이런 식으로 대접해!"

"진정하십시오. 허비하신 시간에 대해서는 후에 보상해드리겠습니다. 이리 오셔서 소파에 앉으시지요. 오래지 않아 홈즈가 돌아올 겁니다."

노인은 심통이 단단히 난 얼굴로 걸어와서는 손으로 턱을 괴고 자리에 앉았다. 존스와 나는 피우던 시가를 마저 피우며 하던 이야기로 돌아갔다. 그런데 별안간 홈즈의 목소리가 들려왔다.

"나한테도 시가 한 대 주게."

존스와 나 두 사람은 다 깜짝 놀라 의자에서 벌떡 일어났다. 홈즈가 우리 옆에 앉아 재미있다는 듯 웃고 있었다. 나는 어이가 없어서 그만 소리를 질렀다.

"홈즈! 자네가 여기 앉아 있다니! 그런데 그 노인은 어디로 사라진 거지?"

"여기 그 노인이 앉아 있지 않나."

이렇게 말하며 홈즈는 허연 머리털 뭉치를 들어 보였다.

"여기 노인이 있으니 보게. 가발에다 수염에다 눈썹 등등 모든 게 여기 있네. 나도 내 변장이 꽤 괜찮다는 생각을 하긴 했지만, 두 사람이 그렇게 깜빡 속아 넘어갈 거라고는 예상치 못했네."

"이런 사기꾼 같으니라구! 정말 놀랬소!"

애서니 존스가 큰 웃음을 지으며 외쳤다.

"홈즈 씨는 배우가 됐어도 좋았을 겁니다. 그랬다면 꽤 성공했을 거 같소. 구빈원에서나 들어봄직한 노인의 기침 소리하며, 그 힘 빠진 걸음걸이 연기라면 한 주에 10파운드는 족히 받았을 텐데 말이오. 하지만 그 번득이는 눈빛이 왠지 눈에 익다 싶었소. 그러고 보면 홈즈 씨가 우리를 감쪽같이 속였다고만 볼 수도 없군요. 어때요?"

홈즈는 시가에 불을 붙이며 입을 열었다.

"하루 종일 이러고 다녔습니다. 실은 여기 왓슨이 제가 맡았던 사건들을 책으로 엮어 낸 다음부터는 부쩍 범죄자들이 제 얼굴을 알아본답니다. 그렇다 보니 이렇게 변장을 해야 합니다. 참, 제가 보낸 전보는 받으셨죠?"

"받았소. 그러니 여기 이렇게 와 있는 게 아니겠소."

"수사는 진척이 있었습니까?"

"완전히 원점으로 돌아간 상태라네. 용의자 두 명은 할 수 없이 석방했고 나머지 두 사람마저 아무 증거도 없는 형편이라오."

"염려 마십시오. 저희가 두 용의자 대신 진범 둘을 붙잡아 드리겠습니다. 그러나 제 지시를 따르셔야 합니다. 범인을 체포한 공은 존스 씨가 다 가지셔도 좋습니다. 단지 제 방침에만 따라주십시오. 동의하십니까?"

"놈들만 잡게 해준다면 여부가 있겠소?"

"그럼 우선 고속 경비정 한 척을, 물론 증기선입니다. 7시까지 웨스트민스터 부두에 대기시켜주십시오."

"그거야 어렵지 않소. 경비정 한 척이 항상 그 부근에 대기하고 있으니까. 하지만 차질이 없도록 전화를 해두겠소."

"다음으로 범인들이 저항할 경우를 대비해 건장한 남자가 두 명 필요합니다."

"경비정에 경관 두세 명이 타고 있을 거요. 더 필요한 건?"

"범인들을 잡으면 보물도 찾게 되겠지요. 여기 이 친구는 그 보물의 절반에 대해 정당한 소유권이 있는 숙녀 분에게 돌려주고 싶어할 겁니다. 그 숙녀 분이 맨 먼저 보물 상자를 열어보도록 한다면 여기 제 친구가 좋아할 것입니다. 그렇지 않나, 왓슨?"

"그렇게 할 수만 있다면 나로서는 더없이 기쁠 걸세."

그러자 존스가 난감하다는 듯 머리를 흔들며 말했다.

"원칙을 좀 벗어나는 일인데……. 뭐, 이 사건 전체가 변칙 투성이긴 하니 눈감아 드리겠소이다. 단, 그 일이 끝나면 보물은 공식적인 절차를 밟을 때까지 경찰당국에 맡겨야 하오."

"당연히 그래야지요. 그런데 부탁이 하나 더 있습니다. 저는 이 사건에 대한 몇 가지 자세한 설명을 조나단 스몰에게 직접 듣고 싶습니다. 존스 씨도 제가 손댄 사건은 자세한 정황을 사소한 것까지 알아내기 좋아한다는 사실을 알고 계시죠. 감시만 철저히 한다면 여기 제 방에서든 어디 다른 곳에서든 그자와 비공식적인 면담을 한다해도 별 위험은 없지 않겠습니까?"

"어차피, 돌아가는 상황을 누구보다 훤히 알고 있는 사람이 홈즈 씨 아닙니까. 난 아직 이 조나단 스몰이란 작자가 실제로 존재하는지조차도 모르는 형편이지요. 그러니 홈즈 씨가 그자를 잡는다면 비공식적으로 이야기를 나눠보고 싶다는 요청을 내가 어떻게 거절하겠소?"

"그럼 찬성한다는 말씀인가요?"

"그렇습니다. 다른 건 또 없소?"

"저녁 식사를 함께 하자는 것이 내 마지막 제안입니다. 30분 안에 준비될 겁니다. 굴과 들꿩 한 쌍하고 좋은 백포도주가 있습니다. 왓슨, 내 요리솜씨가 얼마나 괜찮은지 자네 아직 본 적 없지?"

원주민의 최후

　기분 좋은 식사였다. 홈즈는 마음이 내키면 말이 꽤 많아지는데, 오늘밤은 그러기로 작정한 모양이었다. 홈즈는 기분이 상당히 좋은 것 같았는데, 지금처럼 그가 빛나 보인 적이 없을 정도였다.

　홈즈는 쉴새없이 주제를 바꿔가며 대화를 주도해나갔다. 중세의 종교극과 도기 제조술에서부터 스트라디바리우스 바이올린, 실론(현재의 스리랑카)의 불교, 미래의 전함에 이르기까지, 그는 어떤 주제이든지 마치 그 분야의 전문가처럼 막힘없이 이야기를 풀어 나갔다.

　홈즈가 이렇게 쾌활한 것은 지난 2~3일 동안 빠져 있던 심각한 우울증에 뒤따르는 반작용이었다.

　애서니 존스도 이처럼 편한 자리에서 대하고 보니 붙임성 있는 사람 같았고, 미식가처럼 식사를 즐기는 모습에 식사 상대로서의 매너도 흠잡을 데가 없었다. 나 역시 수사가 끝나가고 있다는 생각에 기분이 좋아진 데다가 나도 모르는 사이에 홈즈의 쾌활함에 전염되어 오랜만에 즐겁게 어울렸다. 세 사람 모두 이번 사건에 대한 이야기는 식사 내내 한 마디도 비치지 않았다.

식사가 끝나자 홈즈는 시계를 힐끗 보더니 유리잔 세 개에 포트와인을 따랐다.

"우리의 짧은 모험여행이 성공으로 끝나길 바라며 건배합시다. 이제 슬슬 출발할 때가 된 것 같군요. 왓슨, 자네 권총 가진 거 있나?"

"책상 서랍에 군용 리볼버가 있네."

"그럼 챙겨가게. 어떤 일이 벌어질지 아무도 모르니까. 문앞에 마차가 와 있군. 저녁 6시 30분에 맞춰 오라고 일러두었거든."

7시가 조금 넘어 웨스트민스터 선착장에 도착해보니 증기선 한 척이 대기하고 있었다. 홈즈는 증기선을 요모조모 찬찬히 살펴보았다.

"이 배가 경비정이라는 걸 나타내는 표시가 있습니까?"

"물론 있습니다. 배 측면에 달린 녹색등이 그거죠."

"그럼 그걸 떼어버립시오."

녹색등을 떼어내고 우리는 배에 올라 밧줄을 풀었다. 존스와 홈즈와 나, 이렇게 세 사람은 배 뒤쪽에 앉았다. 그리고 키잡이 한 사람, 화부 한 사람, 건장한 경관 둘은 뱃머리에 자리를 잡고 있었다.

"어디로 갈 겁니까?"

존스가 물었다.

"런던 탑으로 갑니다. 제이콥슨 조선소 맞은편에 대도록 하십시오."

우리가 탄 경비정은 매우 빨랐다. 짐을 실은 거룻배들 사이를 얼마나 빠르게 지나가던지 거룻배들은 마치 그 자리에 서 있는 것같이 보였다. 우리 배가 앞서가던 증기선 하나를 따라붙어 기어이 앞질러 가자 홈즈는 만족스러운지 환하게 웃었다.

"이 강 위에 있는 떠 있는 배라면 어떤 배라도 따라잡을 수 있어야 합니다."

홈즈가 결연한 어조로 말했다.

"글쎄요. 그건 좀 무리겠지만 이 배를 따돌릴 수 있는 증기선이 그리 많지는 않을 거요."

"우린 오로라 호를 기필코 따라잡아야 합니다. 그 배는 쾌속정이라고 할 정도로 빠른 속도로 유명하지요. 왓슨, 일이 어떻게 돌아가고 있는지 들려주겠네. 자네 내가 사소한 문제 때문에 꼼짝없이 발이 묶여 얼마나 답답해했는지 기억하지?"

"그럼."

"그래, 난 화학실험에 매달리며 마음을 깨끗이 비웠네. 어느 위대한 정치가가 이렇게 말한 적이 있지. '최고의 휴식은 색다른 일을 하는 것이다.' 그 말이 맞네. 나는 탄화수소 분해 실험에 성공하고 나서야 숄토 문제로 되돌아가서 사건 전체를 처음부터 다시 생각해볼 수 있었으니까.

내가 풀어놓은 아이들이 강 위아래를 이 잡듯 뒤지고 다녀보았지만 범인들의 종적을 찾아내지 못했네. 오로라 호는 어느 선착장이나 부두에도 정박해 있지 않았고, 제자리로 돌아오지도 않았네. 그렇다고 추적을 따돌리려고 배에 구멍을 내서 물 속으로 가라앉혔다고 볼 수는 없는 노릇이었지. 물론 그럴 가능성도 완전히 배제할 수는 없지만 말이야. 아무튼 나도 스몰이란 자가 잔꾀에 상당히 능한 놈이라는 걸 알고는 있었지만 이처럼 뛰어난 기지를 발휘할 줄은 미처 몰랐네. 그자의 계책은 보통 고등교육을 받은 자에게서나 나올 법한 발상이거든. 우리가 수집한 증거에 따르면 그는 폰디체리 저택을 끊임없이 감시하고 있었네. 당연히 그가 상당 기간 런던에 머물렀을 거란 얘기가 되지. 그렇다면 범행 후에도 바로 런던을 떠날 수는 없었을 걸세. 신변정리를 위해 최소 하루 정도는 시간이 필요했을 테니까. 어쨌든 나는 그 쪽으로 심증을 굳혔지."

"내겐 어쩐지 자네 가설이 근거가 희박해보이는데."

나는 홈즈의 견해에 이의를 제기했다.

"그자가 범행을 결행하기 전에 이미 신변정리를 끝냈을 확률도 있지 않나."

"아니, 그럴 가능성은 아주 희박해. 일이 잘못되었을 경우 그곳이 몸을 숨길 수 있는 유일한 은신처이니 더 이상 필요치 않다는 확신이 설 때까지는 포기하기가 쉽지 않았을 거야. 반면, 다른 관점으로도 생각해보았네. 스몰은 공범의 생김새가 워낙 괴상해서 아무리 꽁꽁 싸매고 다녀도 사람들 입방아에 오르게 될 테고, 그 결과 이 비극적인 사건에 연루돼 있으리라는 의심을 사게 될 수도 있다고 느꼈을 걸세. 그 정도 머리는 있는 자거든.

그들은 어둠을 방패삼아 은신처를 나왔네. 스몰은 날이 밝기 전에 일을 끝내고 은신처로 돌아가고 싶었을 걸세. 그리고 스미스 부인 말에 따르면 그들이 배를 탄 시각은 새벽 3시쯤이라고 했지. 한 시간 정도만 지나면 날은 훤히 밝아지고 사람들이 일어나 돌아다닐 시간이었네. 그러니 놈들이 그리 멀리 가진 못했을 거라는 게 내 생각일세. 놈들은 스미스에게 돈을 두둑하게 쥐어 주어 입막음을 하고, 이 나라를 뜰 때까지 배를 붙들어 놓았겠지. 그리고는 보물 상자를 싣고 은신처로 서둘러 돌아갔을 거야. 놈들은 한 이틀 정도 시간 여유를 갖고, 신문이 사건을 어떻게 다루는지 또 자신들이 의심받고 있는지 지켜봤을 걸세. 그런 다음 어둠을 틈타 그레이브센드나 다운 즈에 정박해 있는 기선을 타고 떠날 계획일 거야. 당연히 놈들은 미국이나 다른 식민지로 가는 배표를 이미 사두었을 걸세."

"그럼 증기선은? 배를 은신처까지 몰고 가진 않았을 게 아닌가."

"물론 그렇지. 행방이 묘연하긴 하지만 그 배 역시 멀리 가지는 않았을 거네. 나는 스몰의 입장에서 그만한 머리를 지닌 사람이 바라봤을 시각으로 상황을 보기로 했네. 그는 증기선을 되돌려 보내거나 어디 선착장에 정박해 놓으면 경찰이 만약 그들을 쫓아왔을 때 쉽게 추적당할 거라 생각했겠지. 그렇다면 배를 꽁꽁 숨겨두었다가 필요할 때 바로 쓸 수 있는 방법은 없을까? 나는 내가 그자라면 어떤 행동을 취했을까 이리저리 궁리해보았네. 한 가지 방법밖에 생각나지 않더군. 사소한 부품을 갈아 끼운다는 핑계로 증기선을 조선소나 선박수리소에 맡기는 거지. 그렇게 하면 배는 선창으로 옮겨지니 사람들 눈에 띌 염려가 없을 뿐더러 필요할 때 바로 끌어다 쓸 수 있지."

"그렇게 간단한 생각을 못했군."

"이처럼 간단한 것들이 간과되기도 쉬운 법이라네. 나는 그 추리를 행동에 옮겨보기로 마음먹었네. 그래서 당장 뱃사람처럼 차려입고 강을 따라 내려가면서 모든 선착장을 조사했네.

열다섯 군데까지 허탕을 쳤지. 그런데 열여섯 번째, 조선소인 제이콥슨 조선소에서 이틀 전 의족을 한 남자가 키를 좀 손봐 달라며 오로라 호를 맡겼다는 얘기를 들었네. 감독이 말하더 군. '키에는 별 이상이 없습니다. 저기 빨간 줄 두 개를 두른 증기선이 오로라 호지요.' 그런데 그때 누가 나타났는지 아 나? 실종된 오로라 호의 선주 모드케이 스미스가 떡 하니 모 습을 나타냈다네. 술을 잔뜩 마셔서 고주망태가 돼 있더군. 물 론 아는 척은 안 했지. 그런데 스미스는 묻지도 않았는데 자신 의 이름은 뭐고 배의 이름은 뭔지 큰 소리로 떠들어 대더군. '오늘 밤 8시에 배를 찾으러 올 거요. 8시 정각이니 잊지 마 쇼! 신사 두 분을 태울 텐데 기다리는 걸 질색하는 분들이니 시간은 칼같이 지켜야 하오!' 작업장 인부들에게 몇 실링씩 집어주며 돈을 마구 뿌려대는 걸 보니 놈들이 모드케이 스미 스에게 돈을 두둑이 쥐어준 게 분명하더군. 나는 얼마쯤 스미 스 뒤를 밟았는데 선술집으로 들어가더니 영 안 나오는 거야. 하는 수 없이 조선소로 돌아가는데 우연히 위긴스 패거리 중 한 아이를 만났네. 나는 그 아이에게 오로라 호를 감시하라고 시키며, 강가에 서 있다가 놈들이 배를 출발시키면 손수건을 흔들어 알리라고 일러두었지. 그러니 우리는 강에서 좀 떨어 진 곳에서 기다리면 되네. 이런 상황이니 우리가 놈들을 잡고 보물을 되찾지 못 한다면 말이 안 되겠지."

그때 존스가 우리 두 사람 대화에 끼어들었다.

"계획 한번 멋지게 세웠소이다. 그자들이 진범인지 아닌지 아직 확신할 수는 없지만 말이오. 하지만 만약 나라면 제이콥 슨 조선소에 경찰 본대를 풀어 놈들이 나타나는 즉시 체포하겠소."

"존스 씨 말대로 하면 절대로 안 됩니다. 스몰이란 자는 꽤 영리한 친구입니다. 그는 미리 사람을 보내 동태를 살펴보고 만약 수상하다 싶으면 일주일 동안은 은신처에서 꼼짝도 하지 않을 겁니다."

"하지만 모드케이 스미스를 구슬려서 그자들의 은신처로 안내하도록 할 수도 있지 않나."

나는 이런 제안을 해봤다.

"아까운 시간만 낭비할 걸세. 스미스가 놈들의 거처를 알고 있을 확률은 거의 없네. 술 실컷 마시고 뱃삯도 후하게 받았는데 뭐가 아쉬워 놈들의 거처를 알려고 들었겠나? 용건이야 사람을 보내 스미스에게 알리기만 하면 되지. 그자들을 안전하게 체포할 가능한 수단을 두루 생각해봤지만 이 방법이 최선일세."

우리가 이렇게 이야기를 주고받는 사이에 배는 템스 강 위에 놓인 수많은 다리 밑을 지나고 있었다. 런던 중심가를 지나며 보니 기울어 가는 태양의 마지막 햇살이 세인트 폴 성당 꼭

대기의 십자가를 금빛으로 물들이고 있었다. 우리는 해질 녘이 돼서야 런던 탑에 도착했다. 서리 주 방향으로 들쭉날쭉하게 솟은 돛대와 돛을 가리키며 홈즈가 말했다.

"저기가 제이콥슨 조선소입니다."

"눈에 뜨이지 않게 여기 죽 떠 있는 거룻배 사이를 천천히 오르내리며 기다려보도록 하지요."

홈즈는 주머니에서 야간용 망원경을 꺼내어 한동안 강가를 쳐다보았다.

"제가 세워둔 보초병이 자리를 지키고 있군요. 헌데 손수건은 아직 안 보입니다."

이때 존스가 진지한 어조로 제안을 하나 했다.

"강 아래로 조금 내려가 놈들을 기다리는 건 어떻겠소?"

이쯤 되자 우리 모두, 심지어 앞으로 어떤 일이 벌어질지 어렴풋하게만 알고 있는 경관이나 화부들까지도 열성을 보이기 시작했다.

"놈들이 강 하류로 내려가리라고 단정짓기는 아직 이른 것 같습니다."

홈즈가 존스의 제안에 이렇게 답했다.

"그자들은 십중팔구 강 아래로 내려올 겁니다. 하지만 장담할 수는 없죠. 여기라면 우리는 조선소 입구를 쉽게 살필 수 있는 반면 저들은 우리를 발견하기가 어렵지요. 오늘 밤은 맑게 개었으니 시야가 잘 보일 겁니다. 여기 그대로 있는 게 좋겠어요. 저쪽 가스등 아래 사람들이 얼마나 몰려 있는지 보십시오."

"조선소에서 일을 마치고 집으로 돌아가나 보군요."

"행색은 꾀죄죄하니 형편없지만 한 사람 한 사람의 가슴속에 영원히 꺼지지 않는 작은 불꽃이 타고 있다는 생각이 듭니다. 저 사람들의 초라한 행색만 봐서는 그런 생각이 나지 않겠지만, 어떤 사람들은 어떠하다는 식으로 덮어놓고 단정하는 것은 옳지 않죠. 본래 수수께끼처럼 이해할 수 없는 존재가 인간 아닙니까!"

"누군가는 인간을 동물의 몸에 깃들어 있는 영혼이라고 했지."

내가 한마디 거들었다.

"윈우드 리드가 그 문제에 대해 훌륭한 말을 남겼네. 인간 한 사람 한 사람은 풀기 어려운 수수께끼지만 전체로 보면 수학적 확실성을 띠게 되는 존재라고 말했지. 예를 들어 어느 한 사람의 행동은 예측할 수 없지만 무리를 이룬 사람들의 평균적인 행동은 정확하게 예측할 수 있네. 십인십색이라고, 사람들은 저마다 다 다르지만 평균치는 늘 일정하지. 이게 그 통계학자가 주장하는 바라네. 어, 손수건을 흔드는 것 같은데? 분명 저 너머에서 하얀 게 흔들리고 있어!"

"그래. 자네 일을 거드는 꼬마가 맞아! 똑똑히 보이는군."

나는 흥분해서 소리를 질렀다.

"저길 봐, 오로라 호야. 무섭게 달리는데! 기관사, 최고 속도로 달리시오. 저기 노란등을 단 증기선 뒤를 바짝 쫓으시오. 무슨 일이 있어도 저 배를 따라잡아야 합니다!"

오로라 호는 사람 눈을 피해 조선소 입구를 미끄러지듯 빠져나와 작은 배 두세 척을 지나쳐갔다. 그래서 우리가 배를 발견했을 때는 이미 꽤 빠른 속도로 강물을 가르며 달리고 있었다. 오로라 호는 나르듯이 강 하류로 달려 내려가더니 무서운 속도로 가까운 해안으로 접어들었다. 존스는 질주하는 오로라 호를 심각한 표정으로 쳐다보더니 머리를 절레절레 흔들었다.

"배 한번 빠르군. 우리가 저 배를 따라잡을 수 있을지 모르겠소."

"꼭 따라잡아야 합니다!"

홈즈가 어금니를 물고 소리를 질렀다.

"석탄을 더 팍팍 넣어요! 이 배의 최대 속도를 내란 말입니다! 배가 타버리는 한이 있더라도 저놈들을 꼭 잡아야 합니다!"

바야흐로 우리 배가 한껏 속도를 내어 오로라 호를 바짝 따라붙었다. 기관은 시뻘겋게 타올랐고 강력한 엔진은 마치 거대한 무쇠 심장처럼 윙윙, 철컹철컹 요란한 소리를 냈다.

날렵한 뱃머리가 강물을 헤치고 나아가며 넘실거리는 파도를 좌우로 갈라놓았다. 엔진이 진동할 때마다 배는 마치 살아

있는 생명체처럼 위로 번쩍 솟아오르며 흔들거렸다. 뱃머리
에 달린 크고 노란등불에서 새어나오는 길고 희미한 빛줄기
가 앞길을 밝혀주었다. 눈앞의 강물 위에 떠 있는 시커먼 그
림자가 오로라 호의 위치를 가리키고 있었다. 달리는 배 뒤쪽
에서 소용돌이치는 하얀 거품을 보면 배가 얼마나 빠르게 달
리는지 알 수 있었다.

우리가 탄 경비정은 거룻배와 증기선, 상선들 사이를 이리
저리 헤치며 총알처럼 달렸다. 어둠 속에서 사람들의 고함 소
리가 들렸지만 오로라 호는 여전히 요란한 소리를 내며 번개
처럼 내달렸고, 우리도 그 뒤를 바짝 추격했다.

"화부, 석탄을 계속 퍼 넣어요. 계속! 증기를 최대한 뽑아내
란 말입니다!"

답답한 홈즈가 기관실을 내려다보며 소리 질렀다. 기관실
에서 올라오는 뻘건 빛이 독수리처럼 생긴 홈즈 얼굴을 벌겋
게 비추었다.

"좀 가까워진 것 같소이다."

존스가 오로라 호를 바라보며 말했다.

"그런 것 같군요. 몇 분이면 따라붙겠는데요."

내가 대꾸했다.

하지만 바로 그때, 운명의 장난처럼 거룻배 세 척을 끌고
가던 예인선이 실수로 방향을 잘못 잡아, 오로라 호와 경비정

조나단 스몰과 통가가 탄 증기선과 셜록 홈즈와 왓슨, 존슨 경감이 탄 증기선이
경주를 벌인 템스 강의 전경

사이에 끼어들고 말았다. 우리 배가 방향을 급히 옆으로 틀어
가까스로 충돌은 모면했으나, 예인선과 거룻배를 한 바퀴 빙
돌아 제 자리로 돌아와 보니 오로라 호는 200미터는 족히 앞
질러 가고 있었다. 하지만 오로라 호는 아직 똑똑하게 보였다.
어둑어둑한 해질녘 어스름이 물러가면서 맑게 갠 하늘에 별이
반짝거렸다. 경비정의 기관이 최대로 가동되자 단단하지 못한
선체는 엄청난 속도를 못 이겨 심하게 흔들리며 삐걱거렸다.

우리 배는 풀을 거쳐 웨스트 인디아 부두를 지나 기다란 뎁
포드 갑문 아래로 총알같이 달려 내려갔다가 독스 섬을 돌아

다시 북쪽으로 방향을 돌렸다. 앞길에 떠 있던 시커먼 그림자는 이제 날씬한 오로라 선체로 바뀌어 있었다.

존스가 탐조등을 오로라 호 쪽으로 비추자 갑판 위에 서 있는 자들이 똑똑히 보였다. 고물 쪽에 한 놈이 무릎 사이에 뭔지 모를 시커먼 물건을 낀 채 웅크리고 앉아 있었고, 그 옆으로 뉴펀들랜드 개처럼 보이는 검은 덩어리가 놓여 있었다. 스미스의 맏아들 짐은 키를 잡고 있었고 스미스는 시뻘겋게 타오르는 기관실 불빛을 등진 채 웃통도 벗어부치고 죽을 힘을 다해 삽질을 하고 있었다.

처음에는 놈들도 우리가 정말 자신들을 추격하는 건지 긴가민가했을지 모른다. 하지만 자신들이 뱃머리를 돌리면 돌리는 대로, 방향을 바꾸면 바꾸는 대로 계속 뒤따라오는 것을 보고는 추격당하고 있다고 확신했을 것이다.

그리니치를 지날 무렵에는 약 300걸음 정도까지 따라붙었다. 블랙월에 이르러서는 많아야 250걸음까지 바싹 추격했다. 파란만장한 인생을 사는 동안 여러 곳에서 동물을 쫓아보았지만, 템스 강 위를 이렇게 미친 듯 내달리며 범인을 뒤쫓는 짜릿한 흥분을 맛보기는 처음이었다.

우리는 놈들과의 거리를 조금씩 조금씩 꾸준히 좁혀갔다. 밤의 고요함 속에서 오로라 호가 절거덕거리며 힘겨운 듯 연기를 뿜어내는 소리가 들렸다. 배 뒤쪽에 있던 자는 여전히 갑판 위에 쭈그리고 앉은 채 손을 바삐 움직였다. 그러면서 이따 금씩 눈을 힐긋 들어 우리 배와의 거리를 가늠했다.

시간이 갈수록 두 배의 거리는 가까워졌다. 존스가 배를 멈추라고 소리를 질렀다. 이제 두 배 사이의 간격은 고작 거룻배 네 척을 잇대 놓은 거리정도 밖에 벌어져 있지 않았다. 강 한쪽에는 바킹 평지가, 그 반대쪽에는 음습한 플럼스테드 습지대가 펼쳐진 강 한복판이었다. 우리가 멈추라고 소리를 치자 선미에 있던 남자가 벌떡 일어서더니 불끈 쥔 두 주먹을 흔들며 쉬어빠진 고음으로 욕을 퍼부었다. 남자는 키도 꽤 크고 힘도 좋아 보였는데 두 다리를 벌리고 섰을 때 보니 오른쪽 무릎 아래로는 나무로 만든 의족만 있었다. 남자가 귀에 거슬리는 성난 고함을 쳐대자 갑판 위에 웅크리고 있던 검은 덩어리가 꿈틀대기 시작했다.

짐 덩어리가 몸을 쭉 펴고 보니, 왜소하고 시커먼 남자였다. 그렇게 작은 사람은 그 전이나, 그 후에도 다시 본 적이 없었다. 게다가 기형적으로 큰 머리에 머리카락은 부스스 헝클어져 있는 꼴이 흉물스러웠다. 홈즈는 이미 권총을 꺼내들고 있었다. 나 역시 사납고 흉측하게 생긴 남자를 보고는 급히 권총을 꺼냈다. 그는 방한용 외투인지 담요인지 모를 뭔가를 뒤집어쓰고 있어서 간신히 얼굴만 보였는데, 그 얼굴은 밤잠을 설치게 하기에 충분할 정도였다.

난 이제까지 야수성과 잔인성이 그처럼 깊게 새겨진 얼굴은 보지 못했다. 반짝반짝하는 작은 눈은 독기를 가득 품고 있었고, 두꺼운 입술을 뒤틀며 이를 부득부득 갈았다. 동시에 짐승처럼 날뛰며 뜻도 모를 소리를 지껄여댔다.

"저자가 손을 움직이거든 발사하게."

홈즈가 나직하게 말했다. 이때쯤 우리는 그들과 고작 배 한 척이 들어설 거리정도만 떨어져 있어, 사냥감은 팔만 뻗으면 잡을 수 있을 정도로 가까이 있었다. 범인 둘이 다 일어서자 누가 누군지 확연히 분간이 갔다. 백인은 다리를 떡 벌리고 서서 새된 목소리로 욕설을 내뱉었고, 추악한 몰골의 난쟁이가 우리를 향해 억세고 누런 이를 뿌드득뿌드득 가는 모습이 탐조등 불빛 아래로 똑똑히 보였다.

그 원주민 남자를 뚜렷이 볼 수 있던 것은 참으로 다행한 일이었다. 그가 학생들이 수업시간에 쓰는 자처럼 생긴 짧은 나무 조각을 품속에서 꺼내 입으로 가져갔던 것이다. 홈즈와 내 총이 동시에 불을 뿜었다. 남자는 빙그르르 돌며 두 팔을 허공에서 휘적거리더니 기침 때문에 숨이 막힌 사람처럼 캑캑거리다가 모로 쓰러져 강물에 빠졌다. 나는 하얗게 소용돌이치는 물 속에서 그자의 독기 어린 두 눈을 언뜻 보았다.

그 순간 의족을 한 남자는 키 쪽으로 몸을 던져 얼른 키를 잡고 세게 돌렸다. 그러자 배는 남쪽 강가로 곧장 방향을 틀었다. 그 바람에 쏜살같이 달리던 우리 배가 오로라 호의 선미와 부딪칠 뻔했는데, 불과 수십 센티미터를 남겨두고 아슬아슬하게 충돌을 피했다. 우리도 즉시 배를 돌려 오로라 호를 뒤쫓았는데 그 배는 이미 강기슭에 거의 다다라 있었다. 강 남쪽 기슭은 황량하고 인적 드문 습지대였다. 군데군데 물웅덩이가 고여 있고 썩어 가는 수초에 덮인 이 넓디넓은 습지대 위를 흐릿한 달빛이 비춰주고 있었다. 오로라 호는 뱃머리를 하늘로 향하고 고물은 물을 쳐대며 수초더미 위를 털썩털썩 둔탁한 소리를 내며 내달렸다. 그러다 결국 흙탕물 속에 선체가 처박히며 멈추었고, 스몰은 곧바로 배에서 뛰어내렸다.

하지만 육지로 뛰어내리자마자 나무의족이 질척질척한 흙 속에 쑥 들어가 박혀버렸다. 아무리 몸을 비틀며 용을 써봤으나 소용없었다. 앞으로든 뒤로든 한 발작도 움직일 수가 없었다. 분노에 치받친 스몰은 소리소리를 지르며 미친 듯이 성한 발로 개흙을 걷어찼다. 하지만 몸부림치면 칠수록 의족은 질 퍽질퍽한 늪 속으로 더욱 깊숙이 빠져들 뿐이었다.

오로라 호 옆에 배를 대고 보니 스몰을 개흙 속에서 꺼내줄 방법이 마땅치 않았다. 결국 우리는 밧줄 끝을 그의 어깨 위로 던진 후 마치 무슨 고집 센 물고기를 낚아 올리듯이 끌어당겼다. 스미스 부자는 시무룩한 얼굴로 배 안에 앉아 있다가 경찰의 명령을 받고 순순히 경비정으로 옮겨 탔다. 오로라 호도 수

초 더미에서 끌어올려 우리 배 뒤에 붙들어 맸다.

갑판 위에 인도인 기술자가 공들여 만든 견고한 철궤가 놓여 있었다. 의심할 여지없이 숄토 삼부자의 저주받은 보물이 들어있는 바로 그 상자였다.

그러나 아쉽게도 철궤의 열쇠는 찾을 수가 없었다. 우리는 꽤 묵직한 철궤를 조심스럽게 경비정의 작은 선실로 옮겨 실었다. 배를 타고 다시 강 상류로 올라가면서 사방에 탐조등을 비춰보았다. 하지만 안다만 섬에서 온 작은 남자의 흔적은 어디서도 찾을 길이 없었다. 템스 강바닥 시커먼 흙 속 어디엔가 우리 해안을 찾아왔던 낯선 이방인의 뼈가 지금도 묻혀 있을 것이다.

"여기 좀 보게."

홈즈가 갑판의 목조 승강구를 가리키며 말했다.

"우리가 조금만 늦게 총을 쐈으면 큰일 날 뻔했네."

정말이었다. 우리가 서 있던 곳 바로 뒤에 그 무시무시한 위력의 독침 하나가 꽂혀 있었다. 분명 홈즈와 내가 총을 쏜 그 순간 우리 두 사람 사이로 날아왔을 것이다. 홈즈는 독침을 쳐다보며 미소를 짓더니 언제나처럼 아무렇지도 않다는 듯이 어깨만 으쓱해보였다. 하지만 솔직히 말하면 그때 나는 죽음이 그렇게 가까이 나를 스쳐갔다고 생각하자 소름이 쫙 끼쳤다.

아그라의 보물

우리의 포로는 오랫동안 자나깨나 기를 쓰고 손에 넣으려 했던 문제의 철궤를 마주한 채 선실에 앉아 있었다.

햇볕에 그을린 몸과 두려움을 모르는 눈, 적갈색 얼굴을 온통 뒤덮은 주름을 보니 그가 얼마나 거칠고 고단한 삶을 살아왔는지 짐작이 갔다. 목표한 바를 쉽게 포기하지 않는 남자들이 흔히 그렇듯 수염이 뒤덮인 아래턱 주변이 유달리 튀어나와 있었다. 곱슬곱슬한 검은 머리칼이 바야흐로 희끗희끗해지는 걸 보니 나이는 50세 안팎으로 보였다. 짙은 눈썹과 공격적으로 보이는 턱 때문에 화가 나면 표정이 무섭게 변하지만, 모든 걸 포기한 듯 담담한 얼굴은 그렇게 기분 나쁘게 생긴 얼굴은 아니었다.

스몰은 수갑을 찬 손을 무릎 위에 올려놓고 고개를 떨군 채

매섭게 번득이는 눈으로 모든 악행의 근원인 보물 상자를 쳐
다보고 있었다. 침착하고 굳은 표정에 서려 있는 감정은 노여
움이라기보다는 차라리 슬픔처럼 보였다. 딱 한 번 고개를 들
었다가 나와 눈이 마주쳤는데, 눈 속에서 웃음 같은 것이 언뜻
스치고 지나갔다.

"조나단 스몰, 일이 이렇게 돼서 유감이오."

시가에 불을 붙이며 홈즈가 입을 열었다.

"나도 마찬가지요, 선생."

스몰은 허심탄회하게 홈즈의 말을 받았다.

"이 일로 교수형 당할지도 모른다는 게 믿어지지 않소. 성
경에 손을 얹고 맹세하지만 난 절대로 숄토를 죽이지 않았소.
지옥문을 지키는 개같이 생긴 통가 놈이 숄토에게 그 염병할
독화살을 쏘아서 그렇게 된 거지, 난 그 죽음과는 무관하오.
오히려 나는 그가 죽자 내 피붙이가 죽기라도 한 것처럼 슬펐
소. 나는 그런 짓을 저지른 새끼 악마 같은 통가 놈을 밧줄 끝
으로 후려쳤소. 하지만 이미 물은 엎질러 진 것을 어쩌겠소."

"시가나 한 대 피우시오."

시가를 건네며 홈즈가 말했다.

"그리고 몸이 다 젖었으니 이 술을 한 모금 마셔두는 게 좋
을 겁니다. 당신이 밧줄을 타고 올라갈 동안 그렇게 체구도 작
고 비실비실한 친구가 숄토 씨를 꼼짝 못하게 붙들고 있을 줄

예상이나 했겠소?"

"마치 그 자리에 있었던 사람처럼 훤히 알고 있군요, 선생. 사실 난 그 방에 아무도 없는 줄 알았소. 그 집의 하루 일과를 꿰고 있었는데, 보통 때 같으면 그 시간은 숄토가 저녁을 먹으러 아래층으로 내려가 있을 시간이었소. 내 모든 것을 숨김없이 털어놓으리다. 이리 된 마당에 진실을 말하는 것 외에 좋은 변호가 뭐 있겠소. 만약 상대가 늙어빠진 숄토 소령 놈이었다면 아무 가책 없이 교수형당할 만한 일을 했을 거요. 그 영감의 목을 자르는 일은 이 시가를 피우는 것만큼 쉬운 일이니까. 그런데 아무 원한도 없는 숄토의 젊은 아들에게 영창에 갈 일을 저지른다는 건 생각조차 하지 않았소."

"당신은 런던 경찰청 애서니 존스 씨에게 인도됐네. 그분이 당신을 내 거처로 데려갈 거요. 거기서 이 사건과 관련한 진실을 듣고 싶소. 하나도 빠뜨리지 않고 낱낱이 말이오. 그렇게만 해준다면 나도 당신을 위해 힘닿는 데까지 애써보겠소. 독이 너무 빨리 퍼졌기 때문에 당신이 방에 들어갔을 때 숄토 씨는 이미 사망했다는 사실을 증명해줄 수도 있을 것 같소."

"실제로 그랬소이다. 창문을 기어올라 방에 올라갔더니 숄토는 고개를 옆으로 떨군 채 나를 보고 기묘한 웃음을 지으며 죽어 있습디다. 내 평생 그렇게 질겁한 적은 그 때가 처음이었소. 간이 떨어지는지 알았으니. 통가 놈이 얼른 다락으로 내빼

F. H. 타운젠트의 삽화(1903년)

지 않았으면 내 그 놈을 반쯤 죽여놨을 거요. 더구나 나를 피해 도망하느라 무기도 독침도 떨어뜨리고 왔다고 나중에 말하더군요. 선생이 그 덕분에 우리를 추적하기가 쉬웠을 거라 생각하오. 그래도 어떻게 여기까지 뒤쫓아 왔는지는 모르지만 말이요. 하지만 나를 끝까지 추적해서 잡았다고 선생을 원망할 생각은 없소. 그런데 내 팔자 한번 기구하지 않소?"

쓸쓸한 미소를 지으며 조나단 스몰이 이야기를 계속했다.

"나는 50만 파운드 가까운 돈을 차지할 정당한 권리가 있는데도 반평생은 안다만 제도에서 방파제를 쌓으며 보내고 이제남은 반평생은 다트무어 교도소에서 도랑을 파며 보내게 생겼으니 말이요. 처음 장사꾼 아크멧을 우연히 만나 아그라 보물과 인연을 맺은 그 날이 돌이켜보면 내 생애에 저주가 내린 날이었소. 아그라의 보물은 그것을 차지하는 사람에게 저주를 가져다줄 뿐이라오. 아크멧은 살해당했고 숄토 소령도 두려움과 죄책감 속에 살다 갔소. 그리고 나는 평생을 감옥에서 살게되었구려."

그때 애서니 존스가 좁은 선실로 그 펑퍼짐한 얼굴과 실팍한 어깨를 들이밀었다.

"분위기 한번 좋소이다."

존스가 이렇게 농담 한마디를 던졌다.

"나도 그 술 한 모금 좀 마십시다, 홈즈 씨. 서로의 성공을 축하해주는 의미에서 말이죠. 공범을 생포하지 못한 게 유감이지만 그 상황에서는 선택의 여지가 없었잖소. 솔직히 아슬아슬한 추적이었소. 기를 쓰고 오로라 호를 따라잡는 게 우리가 할 수 있던 전부였으니 말이오. 행여 배를 놓치기라도 했다면 어떻게 되었겠소?"

"끝이 좋으면 모든 게 좋은 법이지요."

홈즈의 대꾸였다.

"하지만 오로라 호가 그렇게 빠를 줄은 정말 몰랐습니다."

"선주 스미스 말로는 템즈 강에서 가장 빠른 증기선이라고 합니다. 기관실에 한 사람만 더 있었어도 잡히지 않았을 거라나 뭐라나. 그러면서 자신은 노우드 사건에 대해서는 아는 바가 없다고 주장하고 있소."

"그건 그 사람 말이 맞소!"

스몰이 외쳤다.

"스미스는 아무것도 모르오. 사람들이 굉장히 빠르다고 하기에 그 사람의 배를 골랐을 뿐이오. 그에게는 아무 말도 하지 않았소. 단지 뱃삯을 후하게 쳐주고 우리가 그레이브센드 항에 정박하고 있는 에스메랄다 호까지 안전하게 도착하면 그만큼 더 사례하겠다고 했을 뿐이오. 우리는 에스메랄다 호를 타고 브라질로 떠날 참이었소."

"뭐, 당신 말대로 스미스에게 죄가 없다면 부당한 일을 겪지 않도록 주의하겠소. 우린 범인을 잡는 일에는 아주 신속하지만 벌을 주는 데는 신중하니까."

젠체하기 좋아하는 존스가 범인을 체포했다고 벌써부터 거드름 피우는 모습을 지켜보는 것도 재미있었다. 홈즈의 얼굴에 보일 듯 말 듯한 미소가 스쳐가는 것을 보니 홈즈도 존스의 말을 귀담아 듣고 있는 모양이었다. 존스의 말이 이어졌다.

"우리는 곧 복스홀 다리에 닿게 될 거요. 거기서 왓슨 선생을 보물상자와 함께 내려드리겠소이다. 말씀드리지 않아도 알겠지만, 이 일은 나로서는 무거운 책임이 따르는 모험입니다. 원칙을 벗어나도 아주 크게 벗어난 일이지요. 그래도 약속은 약속 아니겠소. 하지만 대단히 값비싼 물건을 가지고 가는 만큼 경관 한 명을 선생과 동행토록 해야겠소. 물으나마나 마차로 가겠죠?"

"예. 마차를 탈 겁니다."

"먼저 상자 속에 들어 있는 물품 목록을 작성해야 할 텐데 열쇠가 없으니 이를 어쩐다. 상자를 부숴서 열어야 할 것 같소이다. 어이 친구, 열쇠는 어디 있나?"

"강바닥에 있소이다."

스몰은 짤막하게 대구를 했다.

"음! 이런 불필요한 문제를 일으켜봐야 좋을 게 없을 텐데. 당신 덕분에 이미 고생은 할 만큼 했소. 어쨌든 왓슨 씨, 조심하라는 말은 하지 않겠소이다. 베이커 가에 들렸다가 경찰서로 갈 테니, 보물상자를 모스턴 양에게 보인 다음 베이커 가로 갖고 오도록 하십시오."

나는 무거운 철궤를 들고 친절한 경관과 함께 복스 홀에서 내렸다. 세실 포레스터 부인 집까지는 마차로 15분쯤 걸렸다. 늦은 시간에 우리가 찾아가자 하녀가 깜짝 놀라는 듯했다. 하녀 말로는 세실 포레스터 부인은 외출 중이며 꽤 늦게 귀가할 것 같다고 했다. 그렇지만 모스턴은 거실에 있었다. 나는 말 잘 듣는 경관을 마차에 남겨두고, 보물상자를 들고 거실로 들어갔다.

모스턴은 문이 열린 창문 옆에 앉아 있었는데 목과 허리 언저리에 진홍색 단을 댄 속이 내비치는 하얀 드레스를 입고 있었다. 갓을 단 등에서 흘러나오는 부드러운 불빛이 등나무 의자에 기대앉은 그녀를 비추어, 사랑스럽고 수심 어린 얼굴과 풍성한 금발에 은은하면서 영롱한 빛을 더하고 있었다. 하얀 한쪽 팔과 손이 의자 팔걸이에 늘어져 있는 모습이 근심에 쌓여 있는 것 같았다. 그녀는 내 발소리를 듣고 자리에서 얼른 일어났다. 창백한 뺨은 놀라움과 기쁨으로 금세 발그레 해졌다.

"마차 소리를 듣고 포레스터 부인이 일찍 돌아오신 줄 알았어요. 선생님이 오실 거라고는 꿈에도 생각하지 못했거든요. 제게 전할 소식이라도 있으신가요?"

"소식보다 더 좋은 것을 가져왔습니다."

나는 보물 상자를 탁자 위에 올려놓으며, 비록 마음은 무거웠지만 쾌활하게 말했다.

"세상 어떤 소식보다도 값진 것을 가져왔습니다. 바로 모스턴 양의 재산입니다."

모스턴은 철궤를 힐긋 쳐다보았다.

"그럼 저게 그 보물상자인가요?"

그렇게 묻는 모스턴은 그저 담담해보였다.

"그렇습니다. 이게 아그라의 보물입니다. 절반은 모스턴 양 몫이고, 절반은 새디어스 숄토 씨 몫이지요. 두 분에게 각각 20만 파운드씩 돌아가게 될 겁니다. 해마다 1만 파운드의 연금을 받는다고 생각해보십시오. 영국에서 당신보다 부유한 젊은 숙녀는 찾아보기 힘들 겁니다. 굉장하지 않습니까?"

내가 기쁨을 너무 과장되게 표현했나보다. 내 축하의 말에 담긴 공허한 울림을 모스탄도 알아차린 듯 눈썹을 살짝 들어올리며 의아한 눈길로 나를 힐긋 쳐다보았다.

"만일 이게 제 것이 된다면, 그건 모두 선생님 덕분이지요."

모스턴이 차분하고 나지막하게 말했다.

"아니, 그렇지 않습니다. 제가 아니라 제 친구 셜록 홈즈 덕분입니다. 그 친구의 비범한 분석능력으로도 만만치 않은 일이었으니, 나 같은 사람은 아무리 애써도 단서 하나를 찾기 힘들었을 겁니다. 사실 마지막 순간에도 범인들을 놓칠 뻔했으니까요."

"왓슨 선생님, 여기에 앉으셔서 무슨 일이 있었는지 모두 들려주세요."

모스턴이 부탁했다.

나는 모스턴을 마지막으로 만난 이후로 일어난 일들을 간략하게 얘기해주었다. 홈즈가 개발한 새로운 추적 방법과 오로라 호를 발견하게 된 정황, 애서니 존스가 우리와 보조를 맞추게 된 경위와 범인을 체포하러 밤에 출발한 이야기, 템스 강에서 오로라 호를 필사적으로 추적하여 마침내 범인을 잡은 일 등 모든 일들을 긴박감 넘치게 들려주었다. 모스턴은 입을 살짝 벌리고 눈을 반짝이며 내 모험담에 귀 기울이고 있었다. 내가 홈즈와 나를 아슬아슬하게 비껴간 독화살 이야기를 하자 얼굴이 하얗게 질려 나는 그녀가 기절하면 어쩌나 하는 염려마저 들 정도였다.

"이젠 괜찮아요."

내가 서둘러 물을 따른 컵을 받아들며 모스턴이 말했다.

"저 때문에 두 분이 그런 끔찍한 곤경을 겪으셨다는 말씀을 듣고 너무 놀랐을 뿐이에요."

"다 지난 일입니다. 뭐 대단한 일도 아니었고요. 이제 우울한 이야기는 그만하고 좀더 즐거운 이야기를 하지요. 여기 보물상자가 있습니다. 이보다 더 기쁜 일이 어디 있겠습니까?
사실 모스턴 양이 이 보물상자를 가장 먼저 열어보면 기뻐하
지 않을까 하는 생각에 특별히 허락을 받고 이리로 가져왔습
니다."

"저도 정말 보고 싶어요."

말은 이렇게 했지만 목소리에서는 아무 열의도 느껴지지
않았다. 모스턴이 그나마 그렇게 말한 것도 큰 대가를 치르며
힘들게 손에 넣은 보물에 대해 무관심한 태도를 보이는 것은
무례한 행동이라는 생각에 말한 것 같았다.

"상자가 참 예쁘군요!"

모스턴은 상자 위로 몸을 굽히며 말했다.

"인도에서 만든 거겠죠?"

"그렇답니다. 베나레스(인도 동부에 있는 힌두교 성도)에서 제
작한 금속세공품이죠."

"상당히 무겁네요!"

모스턴은 상자를 들어 올리려고 애쓰며 소리쳤다.

"상자만 해도 값이 꽤 나가겠어요. 그런데 열쇠는 어디 있죠?"

"스몰이 템스 강 속에 던져버렸습니다. 아무래도 포레스터
부인의 부젓가락을 빌려야 하겠군요."

철궤의 앞면에 반가부좌로 앉은 부처상(像)이 새겨진 두껍
고 폭이 넓은 자물쇠가 달려 있었다. 나는 그 걸쇠 밑으로 부

젓가락을 밀어 넣고 지렛대 원리를 이용해서 바깥쪽으로 비틀었다. 그러자 걸쇠가 요란한 소리를 내며 툭 떨어졌다. 나는 떨리는 손가락으로 상자의 뚜껑을 열어젖혔다. 우리 두 사람은 깜짝 놀라서 상자를 들여다보며 가만히 서 있었다. 상자는 텅 비어 있었다!

속이 빈 상자가 무거운 데는 다 이유가 있었다. 상자는 사방이 1.5센티미터 두께의 철판으로 둘러져 있었다. 고가의 물건을 실어 나르기 위해 특별 제작되어 아주 튼튼했던 것이다. 하지만 그 단단한 궤 속에는 금속 붙이나 보석 같은 것은 눈을 씻고 봐도 하나도 없었다. 철궤는 그야말로 완벽하게 비어 있었다.

"보물이 사라졌군요."

모스턴이 침착한 목소리로 먼저 입을 열었다.

모스턴이 한 말을 듣고 그 말의 의미를 깨달은 나는 영혼을 덮고 있던 커다란 그림자가 걷히는 느낌이었다. 보물이 사라지고 나서야, 나는 아그라의 보물이 얼마나 무겁게 내 마음을 짓누르고 있었는지 알게 되었다. 분명 이기적이고 잘못된 마음인지도 모르지만 그 순간, 나는 우리 두 사람 사이에 놓여 있던 두꺼운 황금의 장애물이 사라졌다는 생각밖에 나지 않았다.

"하나님, 감사합니다!"

나도 모르게 마음 깊은 곳에 있던 말이 튀어나왔다.

모스턴은 그게 무슨 의미인지 궁금하다는 얼굴로 나를 바라보았다.

"왜 그런 말씀을 하시죠?"

"당신이 내 손이 닿는 곳으로 돌아왔기 때문이오."

나는 그녀의 손을 잡고 말했다. 그녀도 내 손을 뿌리치지는 않았다.

"메리, 당신을 사랑하오. 세상의 그 어떤 사랑보다 진실하게 당신을 사랑하오. 이 보물, 당신이 상속받게 될 막대한 부 때문에 그 동안 내 사랑을 마음속에 담아 두고만 있었소. 그런데 이제 그 장애가 사라졌으니 당신을 얼마나 깊이 사랑하는지 말할 수 있게 된 것이오. 그런 까닭에 하나님께 감사를 드렸던 거요."

"그렇다면 저도 하나님께 감사해야겠군요."

내가 끌어안을 때 그녀가 속삭였다. 누가 보물을 잃었든, 그날 밤 나는 나만의 보배를 얻었다.

조나단 스몰의 이상한 이야기

함께 온 경위는 참으로 인내심이 강한 친구였다. 그 지루한 시간 동안 군말 없이 참고 날 기다려 주었으니 말이다. 내가 빈 철궤를 보여주자 그의 얼굴이 어두워졌다.

"저런, 포상금은 물 건너갔군요! 돈이 없으면 포상도 없죠. 상자 속에 보물이 그대로 들어 있었으면 오늘 밤 일로 샘 브라운과 저는 10파운드짜리 지폐 한 장쯤의 포상금을 받을 수 있었을 텐데 말입니다."

그가 침울한 목소리로 말했다.

"새디어스 숄토 씨는 부자입니다. 보물이 사라졌든 아니든 보상을 할 거요."

그러나 경위는 풀이 죽어서는 고개를 저으며 같은 말을 되풀이했다.

"그건 옳지 않은 일입니다. 애서니 존스 씨도 그렇게 생각하실 겁니다."

경위의 예상은 정확했다. 내가 베이커 가로 돌아가 텅 빈 상자를 보여주었더니 존스는 어이가 없는지 한동안 멍하니 아무 말 하지 않았다. 홈즈와 스몰, 존스 세 사람은 계획을 바꿔 경찰서에 먼저 들러 상황보고를 하고, 우리가 도착하기 바로 전에 도착한 참이었다. 홈즈는 보통 때처럼 무표정하게 안락의자에 기대앉아 있었다. 한편 스몰은 의족을 성한 다리 위에 걸쳐 올려놓은 채 무표정한 얼굴로 홈즈 맞은편에 앉아 있었다. 내가 속이 빈 상자를 사람들에게 보여주자 그는 몸을 뒤로 젖히며 큰소리로 웃어댔다.

"스몰, 당신 짓이지!"

화가 난 존스가 스몰을 노려보며 말했다.

"그렇다. 내가 너희들이 절대 손대지 못할 곳에다 보물을 감춰두었다."

스몰이 의기양양하게 소리를 질렀다.

"그 보물은 내 것이다. 어차피 내가 차지할 수 없을 것 같기에 아무도 차지하지 못할 곳에 잘 모셔두었지. 내가 똑똑히 말해 두는데, 안다만 섬의 죄수 수용소에 갇혀 있는 친구들 셋과 나 말고는 아무도 그 보물을 차지할 정당한 권리가 없다. 이제는 나도, 나머지 세 친구도 그 보물을 가질 수 없게 됐지. 나는 지금까지 세 친구를 대표해서 행동해왔다. 우리는 늘 '네 개의 기호'로 함께해왔지. 다른 세 명도 내가 한 일을 들으면 잘했다고 할 것이다. 숄토나 모스턴 피붙이들이 보물을 차지하도록 내버려두느니 차라리 템스 강물 속에 던져버리는 것이 낫다고 말이다. 그들을 부자로 만들어 주려고 우리가 아크멧을 죽인 건 아니니까. 보물은 열쇠와 함께 통가가 잠든 강바닥에 고이 잠들어 있다. 너희를 태운 배가 우리를 쫓는 걸 보고보물을 안전한 곳에 뿌렸지. 이번 일로 너희들한테 땡전 한 닢돌아갈 게 없다는 것만 알아라."

"스몰, 우리를 속일 셈이냐?"

애서니 존스가 다그쳤다.

"네가 보물을 템스 강에다 던지려고 했다면 상자 채 던지는게 쉬웠을 것 아냐?"

"던지는 게 쉽다면 너희들이 찾기도 쉽겠지."

날카로운 눈으로 쏘아보며 스몰이 대꾸했다.

"내 뒤를 쫓아올 만큼 영리한 놈이라면 강바닥에 떨어진 철궤쯤이야 어렵지 않게 꺼내겠지. 어쨌든 보물은 6~8킬로미터에 걸쳐 뿌려졌으니 찾기가 그리 만만하지는 않을 게다. 하지만 애통해할 것 없다. 그걸 뿌릴 때 나도 가슴 아팠지. 너희들이 우리를 따라붙었을 때 나는 정말 돌아버릴 것 같았다. 그렇지만 이제 와서 애통해봤자 소용없지. 나도 인생의 부침을 겪을 만큼 겪어봐서 안다만, 엎질러진 물은 다시 담을 수 없는 법이지."

"스몰 이건 보통 심각한 문제가 아니야."

존스가 심각한 어조로 말했다.

"만일 당신이 이런 식으로 훼방을 놓지 않고 정의를 실현하는데 협조했다면 재판에서 정상참작이 됐을 텐데."

"정의라고? 정의 좋아하시네!"

스몰이 얼굴을 일그러뜨리며 고함을 질렀다.

"정의는 개한테나 주라고 해! 이 보물이 우리 게 아니라면 도대체 누구건데? 그렇게 힘들게 손에 넣은 보물을 손 하나 까딱하지 않은 것들에게 넘겨주는 게 정의란 말야? 내가 그 보물을 어떻게 손에 넣었는지 알기나 해? 20년이란 긴긴 세월 동안 푹푹 찌는 늪지대에서 낮에는 망그로브나무 아래서 하루 종일 노역하고, 밤이면 더러운 죄수 막사에서 쇠사슬에 묶인 채 모기에게 물어뜯기고, 말라리아에 걸려 신음하고, 백인 죄수를 괴롭히는 낙으로 사는 빌어먹을 검둥이 간수 놈들한테 들볶이며 살았다. 그렇게 고생한 끝에 아그라의 보물을 얻었는데, 그 대가를 엉뚱한 것들이 마음껏 쓸 수 있도록 내버려두지 않았다고 정의가 어떠니 저떠니 해? 교도소에 갇혀서 엉뚱한 놈이 내 돈으로 으리으리한 집에서 떵떵거리며 사는 모습을 생각하며 원통해하느니, 차라리 골백번이라도 교수형을 당하는 게 낫지. 아니면 퉁가의 독침으로 이 살을 찔러 달라고 해서 죽어버리던지."

스몰은 조금 전까지의 냉정한 가면을 벗고 갑자기 태도를 180도 바꾸어 이런 말들을 거침없이 쏟아댔다. 그는 격정에 사로잡힌 나머지 두 손을 마구 흔들어대어 차고 있던 수갑이 철겅철겅 소리를 냈다. 분노와 격정에 휩싸인 광포한 모습을 보니, 보물을 빼앗긴 스몰이 자신의 뒤를 밟고 있다는 사실을 처음 알게 되었을 때 숄토 소령이 얼마나 공포에 떨었을지 짐작이 가고도 남았다.

"우리가 그 문제에 대해 전혀 아는 바가 없다는 사실을 잊었나 보군요."

홈즈가 달래듯 부드럽게 말했다.

"우리는 댁의 사연을 들어본 적이 없소. 그러니 정의가 원래 댁의 편이었는지 아닌지 말할 수 없군요."

"음, 선생은 말하는 걸 보니 꽤 공정한 사람 같군. 내 손목에 수갑을 채운 장본인이긴 하지만 말이오. 선생을 원망할 생각은 없수다. 선생이야 이렇게 하는 게 옳은 처사일 테니까. 내 사연을 듣고 싶어한다면 입 다물고 있을 생각은 없소. 내가 하는 말은 하늘에 맹세코 한마디도 빠짐없이 진실 그대로요. 아, 고맙소. 입이 마르면 입술을 축이게 물잔은 여기 내 옆에 놔두시오.

나는 본래 우스터서 사람으로 퍼쇼어 부근에서 태어났소. 아마 지금이라도 가보면 스몰이라는 성(性)을 가진 사람들이 많이 살고 있을 거요. 그 근처를 둘러볼까 하는 생각을 가끔 했지만 예전에 하도 말썽만 피워서 식구들이 나를 반겨 맞아 줄지 자신이 없다오. 가족들 모두 착실하고 주일이면 꼬박꼬박 교회에 다니는 사람들이니까.

내 일가붙이들은 모두 그 지방에서는 널리 인정받는 착실한 농부들이었소. 그런데 나만 마음을 못 잡고 늘 빈둥거렸소. 그러다가 18세가 되었을 때는 여자 문제로 말썽을 일으켜 식구들 속을 완전히 뒤집어 놓았지. 궁지에서 빠져나갈 수 있는 유일한 방법은 군인이 되는 것이었소. 결국 나는 국록으로 1실링을 받기로 하고 곧 인도를 향해 출항을 준비 중인 보병 3연대에 입대했소.

하지만 나는 군 생활을 오래할 운명은 아니었소. 신병훈련을 마치고 막 머스킷 총을 다룰 줄 알게 되었을 무렵, 멍청하게도 갠지즈 강으로 수영을 하겠다고 뛰어들었지 뭐요.

그런데 강을 반도 건너기 전에 악어 한 놈이 나를 쫓아오더니 오른 쪽 다리를 무릎 바로 위쪽까지 마치 외과 의사가 잘라낸 것처럼 아주 깨끗하게 물어뜯어버렸소. 나는 쇼크와 출혈로 그만 기절해버렸다오. 그나마 운이 좋아 우리 중대에서 수영 잘하기로 소문난 존 홀더 중사가 마침 물 속에 함께 있다가 나를 꺼내서 강가로 데려가지 않았다면 나는 그대로 빠져 죽고 말았을 거요. 그 일로 나는 5개월 동안 병원 신세를 졌소. 그 후 나무의족에나마 의지해 병원을 절뚝거리며 걸어 나올 수 있게 되었을 때는, 군대에서 아무 쓸모가 없을 뿐 아니라 몸을 쓰는 직업은 아무것도 할 수 없다는 냉혹한 현실을 깨닫게 되었소.

선생도 짐작하겠지만, 그 무렵 나는 이제 세상 다 살았다는 생각이 듭디다. 생각해보시오. 채 20세가 되기도 전에 아무짝에도 쓸모없는 다리병신 신세가 되었으니 안 그랬겠소? 헌데 인간 만사 새옹지마라고, 오래잖아 나는 이 불행의 덕을 보게 되었소. 쪽(염료로 쓰이는 식물로서 중국과 인도차이나가 원산지이다) 재배를 위해 인도에 와 있던 아벨 화이트라는 농장주가 일꾼들을 감독할 사람을 찾고 있었지. 일이 잘 되려고 그랬는지 그 사람은 사고 이후 내게 관심을 가져준 대령과 친구 사이였소. 그 이야길 다 하자면 한이 없으니 내 요점만 말하리다.

대령은 나를 감독자리에 강력하게 추천해주었소. 일꾼을 감독하는 일은 주로 말을 타고 하는 일이라 오른 발 반쪽이 없어도 일에 그리 지장을 주지는 않았으니까. 다행히 악어에게 물어뜯긴 다리의 무릎 위쪽은 성해서 말안장에 올라타는 데는 별 어려움이 없었소. 내 일은 말을 타고 농장을 둘러보면서 일꾼들이 농땡이 부리지 않고 열심히 일하고 있는지 감시하고 게으름 피우는 녀석들이 누군지 보고하는 것이었소. 급료도 충분했고 숙소도 괜찮은 편이었기 때문에 난 남은 인생을 그 농장에서 보낼 생각까지 했다오. 게다가 농장주 아벨 화이트 씨는 친절한 사람으로, 가끔 내 숙소에 들려 나랑 같이 담배를 피우기도 했지. 고향을 떠나 외지에 있는 백인들은 여기 고향에서는 절대 느낄 수 없는 친밀감을 서로에게 느끼게 된다오.

그런데 나는 행운하고는 인연이 없는 놈이었소. 갑자기, 정말 난데없이 대규모 폭동(1857년 벵갈 원주민이 일으킨 폭동, 세포이 항쟁)이 일어나 그 영향이 우리에게까지 미치게 되었소.

그러나 폭동이 일어나고 한 달이 지난 후에도 인도는 어디를 봐도 영국의 서리 주나 켄트 주만큼 고요하고 평화롭게 보였소. 하지만 다음 달 20여만 명에 이르는 원주민들이 풀려나자 인도는 마치 지옥을 방불케 했소.

물론 선생들도 이 사건에 대해 알고 있을 거요. 아마 나보다 훨씬 더 자세하게 알고 있을 거요. 나는 원래가 책 같은 걸 안 읽는 사람이라 그저 내 눈으로 본 사실밖에 모르니.

우리 농장은 북서 지방의 변경 근처에 있는 무트라라 불리는 곳에 있었소. 밤이면 밤마다 하늘은 불에 타는 방갈로 때문에 온통 시뻘겋게 보였소. 또 낮만 되면 작은 무리를 이룬 유럽인들이 처자식을 데리고 우리 농장을 지나 가장 가까운 군대가 주둔하고 있는 아그라로 갔소.

아벨 화이트 씨는 고집이 있는 사람이었는데 폭동이 지나치게 과장된 것이라고 생각했소. 폭동이 일어날 때처럼 그렇게 갑자기 조용해질 거라고 여겼던 거요. 그래서 아벨 화이트 씨는 그 지역 전체가 폭동의 불길에 활활 타오르며 자신에게 그 불길이 닥쳐오는 데도, 베란다에 앉아 느긋하게 위스키를 마시고 궐련을 피웠다오. 사정이 그렇다보니 당연히 우리, 그러니까 나와 농장의 사무관리를 맡아보던 도슨과 그 사람 아내, 이렇게 세 사람은 아벨 화이트 씨한테 붙들려 피난도 못 가고 있었소. 그러던 어느 화창한 날, 우리한테도 드디어 올 것이 오고야 말았소.

내가 멀리 떨어진 농장에 나갔다가 저녁 무렵에 말을 천천히 몰아 숙소로 돌아오다 보니 경사진 수로 바닥에 뭔가 짐 덩어리 같은 게 보였소. 나는 그게 뭔지 보려고 말에서 내렸는데, 그걸 보고는 심장이 멎는지 알았소. 그것은 칼로 난도질당한 뒤 버려져 자칼과 들개들한테 반은 뜯어 먹힌 도슨 아내의 시체였소.

길 위로 올라와 좀더 가보니 도슨이 숨이 끊어진 채 엎드려 있었소. 손에 권총을 쥐고 있는데 총알이 하나도 없습디다. 그 앞에는 세포이(영국 육군에 복무한 인도인 병사) 네 명이 쓰러져 있었소. 나는 말머리를 어디로 돌려야 할지 몰라 망설였소. 하지만 그 순간 아벨 화이트 씨의 방갈로에서 검은 연기가 피어

오르더니 불길이 지붕으로 번져 올라가는 것이 보였소. 하지만 그 때는 내가 그 상황에 끼어 들어봤자 화이트 씨를 구하지도 못하고 개죽음만 당하리라는 것을 알고 있었소. 내가 서 있던 곳에서도 수백 명의 폭도들의 모습이 똑똑히 보였소. 붉은색 윗도리를 등에 걸친 채 불에 타고 있는 집을 둥그러니 에워싸고 날뛰기도 하고 고래고래 소리를 쳐대는 모습이 꼭 검은 악마처럼 보입디다.

그런데 폭도들 몇이 나를 손가락질하며 가리키는 게 보이더니, 곧 총알 두 발이 내 머리를 쌩하고 스쳐 지나갔소. 나는 얼른 농장을 가로질러 필사적으로 도망쳤고, 그렇게 달려 밤 늦은 시각에서야 아그라 성에 무사히 도착할 수 있었소.

하지만 지금 와서 돌이켜 생각해보면 그곳은 전혀 안전한 곳이 아니었소. 어쨌든 인도 전체가 벌집을 쑤셔놓은 것같이 들끓고 있었소. 영국인들은 몇 명만 모이면 금방 총을 들고 방어에 나섰소. 그렇게도 할 수 없는 곳에서는 손 한 번 못 써보고 도망치는 게 다였소. 영국인 수백 명 대 적군 수백만 명의 싸움이었으니까. 그런데 정말 기가 막힌 건 우리가 맞서 싸워야 하는 폭도들이 보병이든 기병이든 포병이든, 영국군이 직접 교육하고 훈련시킨 정예부대였다는 점이었소. 놈들은 우리 영국군 무기로 무장하고 우리 나팔을 불어댔소.

아그라에는 벵골 퓨질리어 제3연대(수발총을 가진 영국의 보병 연대)와 소수의 시크교도로 이루어진 부대, 기병대 두 개 중대, 포병대 한 개 중대가 주둔하고 있었소. 관리들과 상인들이 스스로 나서 조직한 의용군이 있었는데 나는 의족을 한 몸으로 거기 참가했소. 우리는 7월 초 샤군지에서 폭도들과 대결하게 되었소. 그 전투에서 우리는 처음 얼마 동안은 적들을 물리쳐 퇴각시켰지만, 화력이 바닥나자 할 수 없이 샤군지를 적에게 넘겨주고 말았소. 사방에 들어오느니 더 나쁜 소식들뿐이었소. 당연한 일이었지.

선생도 지도를 보면 그 까닭을 알겠지만 우리는 폭동의 한복판에 있었소. 동쪽으로 160킬로미터 정도 가면 럭나우 시가 있고, 남쪽으로도 대충 그만큼 가면 칸푸어 시가 있었소. 사방 어디를 둘러 봐도 고문, 살인, 폭행이 벌어지지 않는 곳이 없었소.

아그라는 광신자들과 온갖 악마 숭배자들로 넘쳐나는 큰 도시요. 거기서 그나마 몇 사람 안 되는 우리 일행은 비좁고 꼬불꼬불한 시장 바닥에서 그만 길을 잃게 되었소. 우리 일행을 이끌던 대장은 강을 건너가 아그라에 있는 오래된 성채에다 진지를 마련했소. 혹 댁 같은 신사들이 그 낡은 성에 얽힌 이야기를 책에서 보았거나 들어보았는지 모르겠소. 그 성은 아주 기묘한 곳이었소. 나도 여기저기 별난 곳이라면 다녀볼 만큼 다녀본 사람이지만 그렇게 이상한 곳은 처음이었소. 특히 그 성은 크기가 어마어마했소이다. 성채에 둘러싸인 부지만 해도 몇 에이커에 달했을 거요. 근래 들어 새로 증축한 건물이 있었는데, 그곳엔 우리 부대와 여자와 아이들, 생활에 필요한 물품 등이 다 들어가고도 여유가 많이 남아 있었소. 하지만 크기로 따지자면, 이 신축 건물은 오래 전에 지어진 건물에 비하면 새 발의 피밖에 되지 않는다오. 오래되어 퇴락한 건물은 사람이라면 그림자도 얼씬하지 않아 거미와 지네들의 천국이 되어 있었소. 게다가 버려진 커다란 홀, 구불구불 휘어진 복도, 얽히고설킨 긴 회랑들 때문에 사람들이 들어가면 길을 잃기 십상이었소. 그래서 가끔씩 무리를 지어 횃불을 밝혀들고 탐험하러 들어가보긴 했지만, 혼자서 그 안으로 들어가는 사람은 좀처럼 없었소이다.

성 앞쪽에는 강이 흘러서 적의 침입을 차단해 주었지만 옆과 뒤쪽에는 문이 많아서 경비를 세워야 했소. 우리 부대가 실제로 접수한 신축 건물은 물론 오래된 건물까지 말이오. 그러나 우리에겐 사람이 부족했소. 건물 구석구석에 세울 보초도 모자랐고, 포격을 계속할 병사들도 턱없이 부족했소. 그렇다보니 모든 출입구에 힘센 보초를 세운다는 것은 애초부터 불가능한 일이었소. 그래서 우리는 성채 한 가운데다 중앙경비대를 설치하고, 문 하나 당 백인 병사 한 사람과 원주민 병사두세 명을 배치해 책임지게 했소. 문제의 그날밤, 나는 성 남서쪽에 있는 작은 문을 지키는 보초병으로 선발되었소. 두 명의 시크교도 기병이 내 밑에 배치되었고, 비상사태가 발생할 경우 머스킷 총(구식 보병총으로 라이플 총의 전신)을 쏘라는 지시를 받았소. 총소리를 들으면 중앙경비대가 즉각 지원군을 보낼 것이라 했소. 헌데 중앙경비대는 200보는 족히 되는 거리에 떨어져 있는데다가 그 사이에 통로와 회랑이 미로처럼 복잡하게 얽혀 있어, 우리가 실제 공격을 받을 경우 중앙경비대의 지원군이 제 때에 도착해 역할을 다 해줄지는 참으로 의심스러웠소.

그런데 나는 경험 없는 생짜 신병에다 의족을 달은 몸으로 고작 기병 둘이지만 작은 분대를 지휘하게 되어 조금은 우쭐했다오. 어쨌든 나는 이틀 밤을 편잡 출신 부하들과 보초를 섰소. 그들은 키가 크고 인상이 험악한 녀석들이었소. 한 녀석은 마호멧 싱, 또 한 녀석은 압둘라 칸이었는데, 둘 다 칠리언 월러에서 우리 영국군에게 총부리를 겨누기도 했던 늙은 전사들이었소. 두 늙은이 모두 영어를 아주 잘 하지만 나하고는 얘기를 하려 하지 않았소. 자기들끼리만 이상야릇하게 들리는 시크교 말로 밤새도록 지껄입디다. 나는 혼자 문 밖에 서서 굽이쳐 흘러가는 강물과 불빛이 반짝거리는 거대한 도시를 내려다보며 서 있었소. 북 치는 소리와 탐탐이가 울리는 소리, 아편과 인도대마에 취한 폭도들이 질러대는 고함소리, 웃음소리를 듣고 있다보면 강 건너편에 있는 위험한 반란군에 대한 생각이 밤새도록 머리를 떠나지 않았소. 당직 사관이 두 시간마다 모든 초소를 순찰하며 이상이 없는지 확인을 했소.

내가 경계근무를 선 지 사흘째 되던 밤은 비가 세차게 내리는 캄캄한 밤이었소. 그런 날씨에 몇 시간씩 문 앞에서 보초를 선다는 건 지루하기 짝이 없는 일이었지. 몇 번이나 시크교 부하들에게 말을 걸어보았지만 도통 받아줄 생각을 하지 않더군. 새벽 2시에 당직 사관의 순찰이 있어서 잠깐 동안이나마 지루함에서 벗어날 수 있었소. 부하들이 나와 이야기를 나눌 생각이 전혀 없다는 걸 알았기 때문에 나는 담배나 필 생각에 불을 붙이려고 소총을 내려놓았소. 그런데 바로 그 순간, 두 놈이 나를 덮쳤소. 한 놈은 총을 빼앗아 내 머리를 겨눴고, 다른 놈은 커다란 칼을 내 목에 갖다대고는 한 발짝만 움직이면 칼로 베어버리겠다고 낮은 목소리로 위협을 합디다.

가장 처음 머리에 떠오른 생각은 두 늙은이가 반란군과 한 패라는 거였소. 드디어 그들의 공격이 시작되는구나 싶었지. 만에 하나 이 문이 세포이 수중에 넘어가면 성은 반란군 수중에 떨어진 거나 진배없었고, 그렇게 되면 성안에 있는 여자들과 아이들이 칸포우에서와 똑같은 꼴을 당하게 될 게 틀림없었소. 댁들 같은 신사들은 내가 자신의 이익을 위해 이야기를 꾸며댄다고 생각지 모르겠지만, 당시 나는 칼끝이 내 목을 겨누고 있을 지라도 소리 질러 중앙경비대에 위급한 상황을 알리려고 했었소. 그것이 내 마지막 외침이 되는 한이 있더라도 말이오. 그런데 나를 붙잡고 있던 녀석이 내 생각을 눈치 챘는지 내 귀에다 대고 속삭였습니다.

'소리 지를 생각은 마시오. 성은 안전하오. 강 이쪽에 반란군은 한 명도 없소.'

그의 말은 사실 같았고, 소리를 질렀다가는 그자들이 나를 단칼에 베어버릴 거라는 것도 알고 있었소. 그의 갈색 눈이 그렇게 말하고 있었으니까. 그래서 나는 잠자코 앉아 그들이 내게 원하는 게 뭔지 알아나 보자는 마음으로 조용히 기다리고 있었소.

'사힙(식민지 시대에 인도인이 유럽 남자에게 쓴 존칭), 내 말을 잘 들으시오.' 압둘라 칸이라는 둘 중에 키도 더 크고 인상도 더 사납게 생긴 자가 말을 합디다.

'우리와 한 배를 타거나 영원히 사라지거나 둘 중 하나를 택하시오. 워낙 일이 중대해서 망설이고 자시고 할 시간이 없소. 무슨 일이 있어도 우리와 운명을 같이 하겠다고 당신들이 믿는 그리스도의 십자가를 걸고 맹세하겠소? 아니면 오늘 밤 시체가 되어 저 도랑 속에 처박히기 원하오? 그러면 우리는 강을 건너 형제들이 있는 반란군에 합류하면 그만이오. 다른 선택의 여지는 없소. 죽겠소, 살겠소, 어느 쪽을 택하겠소? 시

간이 없소. 다음 순찰이 있기 전에 일을 끝내야 하니 선택을 하시오. 3분의 여유를 주겠소.'

'내게 바라는 게 뭔지 알려주지도 않고서 날보고 어떻게 선택을 하란 말이냐? 내 말해두는데, 너희가 벌이는 일이 성의 안전을 위협하는 일이라면 나는 너희들과 어떤 거래도 하지 않겠다. 그러니 나를 찌를 테면 찔러라.'

'성의 안전과는 전혀 상관이 없소. 당신네들이 고향을 떠나 인도로 올 때는 돈을 벌러 오는 게 아니오? 우리가 당신에게 제안하는 게 바로 그거요. 당신을 부자로 만들어주겠소. 오늘 밤 우리 일에 가담만 한다면 당신에게 정당한 몫을 주겠소. 이 칼을 두고 그리고 시크교도라면 절대 깨뜨릴 수 없는 삼중 서약을 걸고 맹세하겠소. 보물의 4분의 1은 당신 몫이오. 이보다 더 공평할 수는 없을 거요.'

'그건 그렇다 치고 도대체 보물이라니 무슨 보물을 말하는 건가?' 내가 물었소. '나도 너희들만큼 부자가 되고 싶은 사람이다. 하지만 먼저 무슨 수로 부자가 될 수 있다는 건지 말해 봐라. 나도 내막을 알아야 너희들과 함께 하든지 말든지 할 게 아닌가?'

'그렇다면 당신 아버지 뼈를 두고, 당신 어머니의 명예를 두고, 당신이 믿는 그리스도의 십자가를 두고, 지금부터 우리를 배반하는 말이나 행동은 일절 않겠다고 맹세하겠소?'

압둘라 칸이 이렇게 말했소.

'성을 위험에 빠뜨리는 일이 아니라면 내 그리 맹세하지.'
그의 말에 내가 대답했소.

'그렇다면 내 친구와 나도 맹세하리다. 보물을 똑같이 4등
분해서 그 중 한 몫을 당신에게 주겠다고.' 칸이 말했소.

'그런데 난데없이 네 사람이라니.' 내가 의아해서 물었소.
'여기는 우리 세 사람밖에 없지 않나.'

'아니. 도스트 아크바르, 그 친구에게도 그의 몫을 주어야
하오. 순찰이 올 때까지 어찌된 사정인지 얘기해주리다. 마호
멧 싱, 너는 문 앞에 서 있다가 사람들이 오면 알려줘. 자초지
종을 들려주겠소, 사힙. 내가 당신한테 우리 비밀을 털어놓는
건 백인들 또한 한 번한 맹세는 함부로 깨지 않는다는 것을 알
고 또 당신이 믿을 만한 사람이라고 생각했기 때문이요. 만에
하나 당신이 거짓말을 밥 먹듯 해대는 힌두교도였다면, 그 허
울뿐인 신전에 있는 온갖 신들의 이름을 다 갖다 대고 맹세하
더라도 단칼에 요절을 내서 도랑물에 던져버렸을 거요. 그렇
지만 우리 시크교도와 영국 사람들은 서로에 대해 잘 알고 있
소. 그러니 지금부터 내 얘길 잘 들어보시오.

북쪽 지방에 영토는 작지만 재산이 넉넉한 군주가 있소. 물
려받은 재산도 많은 데다, 원체 재물을 쓰기보다는 쌓아 두는
걸 좋아하는 인색한 사람이라 그 많은 재산보다 몇 배나 되는

재산을 모았지. 이번 폭동이 일어나자 그는 양다리를 걸치기로 했소. 반란군에도 동인도 회사 편에도 가담했다는 말이오. 하지만 그는 얼마 안 가 백인의 지배가 곧 끝날 것으로 보았나 보오. 산지사방에서 들려오는 게 백인들이 죽어나가고 패한다는 소식뿐이었으니 말이오. 하지만 신중한 군주는 어느 편이 승리를 하든 적어도 재산의 절반은 건질 수 있는 묘책을 생각해냈소. 금이나 은으로 된 재물들은 궁전의 금고에 넣어 자신이 보관하고 정작 더 값이 나가는 희귀한 보석과 진주는 철궤에 담아 충직한 심복을 장사꾼으로 변장시켜 아그라 성으로 옮겨 놓는 거요. 거기서 세상이 조용해질 때까지 숨겨 둘 요량이었지. 그러면 반란군이 승리했을 경우 돈을 건지게 되고, 반면 동인도 회사가 반란군을 진압하게 되면 보석을 건질 수 있게 되니까. 이렇게 재물을 나누어 놓고 왕은 자진해서 반란군을 편들고 나섰소. 자신의 영토 안에서는 반란군 세력이 막강했으니까. 잘 들으시오, 사힙. 이런 사정으로 그 보물은 누구든 그것을 얻기 위해 애쓰는 자의 몫일 뿐이오.

장사꾼으로 가장한 이 친구는 아크멧이라는 이름을 쓰며 지금 아그라 시에 가서 무사히 성으로 들어갈 수 있는 길을 찾고 있소. 그런데 그자가 길동무로 데리고 다니는 사람이 바로 내 수양 동생인 도스트 아크바르요. 내가 그 보물에 얽힌 비밀을 알게 된 것도 그 애를 통해서였지. 그리고 오늘 밤, 아크바르는 아크멧을 성 뒷문으로 데려오겠다고 약속했소. 바로 이 문이지. 그들은 곧 올 것이고, 마호멧 싱과 나는 여기서 기다리고 있기로 했소. 이곳은 외진 곳이고, 또 그자가 여기로 오는 것은 아무도 모를 거요. 장사꾼 아크멧은 쥐도 새도 모르게 이 세상을 하직할 것이고, 군주의 보물은 우리에게 똑같이 분배될 것이요. 어떻소, 사힙?'

내가 태어난 우스터셔에서는 사람 목숨은 소중하고 신성한 것으로 생각했소. 그런데 서로 총질하며 싸우고 온 천지가 피투성이가 되어 도처에서 죽음을 마주치다 보니 사람이 달라졌소. 하도 일상에서 보게 되니 죽음도 익숙해지더군. 내게 아크멧이 죽느냐 사느냐 하는 문제는 나와 아무 상관이 없는 것처럼 여겨졌소. 대신 보물 얘기에는 귀가 솔깃해집디다. 머릿속에서는 그 보물을 갖고 고향으로 가서 할 수 있는 일들을 떠올려봤소. 허구한 날 말썽만 부리던 녀석이 주머니에 금화를 두둑하게 넣고 돌아온 걸 보면 가족들이 날 어떤 눈으로 바라볼까? 생각만 해도 어깨가 으쓱해집디다. 난 압둘라 칸이 말을 다 끝내기도 전에 이미 마음을 정한 상태였소. 그런데 압둘라 칸은 내가 주저하고 있다고 생각했는지 더 강하게 말합디다.

'잘 생각해보시오, 사힙. 만약 아크멧이 요새의 사령관한테 붙들리면 보나마나 그는 교수형을 당하거나 총살을 당할 거요. 보물은 물론 정부가 몰수하겠고, 누구도 땡전 한 닢 구경

하지 못 할 것이오. 그렇다면 우리가 그자를 붙잡아 보물을 차지하면 안 되는 이유라도 있소? 보물은 동인도 회사의 금고로 들어가는 대신 우리 손에 들어오게 될 거요. 보물이 동인도 회사의 금고에 들어가나 우리가 차지하나 마찬가지 아닌가? 우리 네 사람이 차지한다면 우린 거부가 될 것이오. 이곳에는 우리 밖에 없으니 이 일에 대해서는 아무도 모를 것이오. 이런 횡재가 어디 있겠소? 다시 물어보겠소. 우리와 뜻을 같이할 테요, 아니면 적이 될 테요? 결정하시오.'

'내 모든 걸 걸고 너희와 뜻을 같이하겠다.'

나는 결연한 태도로 대답했소.

압둘라 칸이 내 소총을 돌려주며 말합디다.

'잘 생각했소. 우리는 당신을 믿소. 우리 시크교도처럼 당신네 백인들도 약속을 쉽게 깨지 않는 사람들이니까. 이제 우린 내 수양 동생과 아크멧을 기다리기만 하면 된다.'

'그럼 동생은 우리가 어떻게 할지 알고 있나?' 내가 물었소.

'이게 다 그 애 머리에서 나온 것이지. 그 애가 모든 일을 꾸몄소. 이제 문으로 가 마호멧 싱과 함께 보초를 섭시다.'

막 우기가 시작되었기 때문에 비는 쉬지 않고 계속 내렸소. 두꺼운 먹장구름이 온 하늘을 뒤덮어 몇 발자국 앞도 제대로 보이지 않는 밤이었지. 우리가 지키는 문 앞에는 깊은 해자가 있었지만 군데군데 물이 말라버려 쉽게 건널 수 있었다오. 험

악한 편잡 사내들 둘과 함께 죽음이 기다리고 있는 줄은 꿈에
도 모른 채 오고 있는 남자를 기다리고 있노라니, 참 묘한 기
분이 듭디다.

그때 갑자기 해자 건너편에서 갓을 씌운 등불이 반짝하는
게 눈에 보였소. 등불은 곧 짐 더미 사이로 사라졌다가 다시
우리 쪽으로 천천히 다가오기 시작했소.

'온다!' 내가 소리를 질렀소.

그러자 압둘라 칸이 내게 속삭입디다.

'사힙, 평소처럼 당신이 수하(誰何)하시오. 겁먹게 해선 안
되오. 우리를 그자와 같이 안으로 들여보내고 당신은 여기를
지키시오. 그 뒤는 우리가 알아서 처리하겠소. 그리고 우리가
기다리고 있는 자가 맞는지 확인해야 하니 랜턴 커버를 언제
든 벗길 수 있도록 준비해놓으시오.'

불빛이 깜빡거리면서 계속 다가오다가 멈췄다가 다시 앞으
로 오기를 여러 차례하고 나서야 반대편 해자에 시커먼 사람
그림자 둘이 나타났소. 그들은 비탈진 제방을 엉금엉금 기어
내려와 해자 바닥의 진창을 절벅거리며 건넌 다음, 우리 쪽 제
방을 다시 기어오르기 시작했소. 난 그들이 성문 가까이에 다
다를 때까지 가만히 있다가 누군지 정체를 밝히라고 그들에게
소리쳤소.

'거기 누구냐?' 내가 낮은 소리로 묻자 둘 중 누군가가 '친

구들이요'하고 대꾸를 합디다. 나는 얼른 랜턴 갓을 벗겨 두 사람의 모습을 밝은 불빛에 비춰보았소. 앞에 있는 자는 시커 먼 턱수염 자락을 허리께까지 늘어뜨린, 키가 엄청나게 큰 시 크교도였소. 허풍이 아니라 난 이제껏 그렇게 키가 큰 사람은 본 적이 없소. 그 뒤로 작은 키에 통통하게 살찐 녀석이 보였 는데, 노란 터번을 두르고 외투로 덮어 가린 짐 꾸러미를 들고 있었소. 그는 두려움에 덜덜 떨고 있는 것 같았는데 말라리아 에 걸린 사람처럼 두 손을 떨면서 빤짝거리는 작은 눈으로 연 신 주위를 두리번거리는 게, 꼭 난생 처음 구멍 밖으로 나온 생쥐 모양입디다. 그자를 죽일 생각을 하니 온몸에 소름이 돋 았지만 보물을 떠올리며 애써 마음을 독하게 다잡아먹었소. 아크멧은 백인인 나를 보더니 반가운 얼굴로 얼른 내 앞으로 달려와 숨을 헐떡이며 말했소.

'사힙, 이젠 살았습니다. 이 불쌍한 장사치 아크멧을 사힙 의 보호에 맡기겠습니다. 저는 아그라 요새에 숨기 위해 라즈 푸타나를 지나 여기까지 왔습니다. 제가 동인도 회사에서 일 한 적이 있다고 해서 가진 것을 모두 빼앗기고, 두들겨 맞기도 하며 고생이란 고생은 다 했지요. 하지만 이제 위험을 벗어났 으니 오늘 밤은 참으로 축복 받은 밤이올시다. 제 목숨과 얼마 남지 않은 재산이 이제 안전하게 되었습니다.'

'그 꾸러미 안에는 뭐가 들었지?' 내가 물었소.

'무쇠 상자입니다. 사소한 물건 몇 가지인데, 다른 사람한
테는 아무 의미도 없지만 저한테는 소중한 것이죠. 하지만 거
지는 아니올시다. 그러니 경비대 대장님이 제가 피신처를 찾
도록 성 안으로 들여보내만 주신다면 사힙과 사힙의 지휘관에
게 충분히 사례하겠습니다.'

나는 그와 더 이상 이야기를 주고받을 자신이 없었소. 그
겁먹은 얼굴을 보면 볼수록 그자를 냉혹하게 죽인다는 게 더
더욱 어려워질 것 같았소. 한시라도 빨리 끝내고 잊어버리는
게 상책이었지. 나는 그를 경비본부로 데려가라고 그의 양옆
에 바싹 붙어 있던 압둘라 칸과 마호멧 싱에게 지시했소. 일행
은 어두컴컴한 문을 지나 안으로 들어갔고 그 뒤를 장대 같은
칸의 수양 동생 아크바르가 따라갔소. 아크멧은 그 길이 죽음
으로 가는 길인지도 모르고 그들을 따라 성문 안으로 들어갔
고, 나는 랜턴을 들고 성문에 남아 있었소.

쓸쓸한 회랑에 그들의 발자국 소리가 또박또박 들립디다.
그런데 갑자기 발자국소리가 그치더니 드잡이하고 치고받고
하며 난투극을 벌이는 소리가 들렸소. 그런데 조금 뒤 놀랍게
도 내 쪽으로 발자국소리가 몰려오기 시작했소. 그러더니 한
남자가 숨이 차서 씩씩거리며 달려오는 게 아니겠소. 랜턴으
로 길고 곧게 뻗은 복도 쪽을 비춰보니 거기 누가 있었는지 아
오? 놀랍게도 아크멧이 피범벅이 된 얼굴로 미친 듯이 달려오

고 있었소. 바로 뒤에는 구척 장신 아크바르가 번득이는 칼을 쥐고 비호처럼 쫓고 있었소. 난 작달막한 장사꾼 아크멧처럼 빨리 달리는 사람을 지금껏 본 적이 없소. 쫓고 쫓기는 자 사이의 거리가 점점 벌어졌으니 말이오. 상황을 보니 아크멧이 일단 나를 지나치고 밖으로 나가기만 한다면 목숨을 건질 것 같았소. 그러자 마음이 약해집디다. 하지만 다시 그 엄청난 보물을 떠올리며 마음을 독하게 먹었소. 나는 총으로 도망치는 아크멧의 다리를 걸어 넘어뜨렸소. 그랬더니 그자는 토끼처럼 두 번을 구르고 쓰러졌는데, 비틀거리며 일어서기도 전에 아크바르가 달려들어 칼로 그의 옆구리를 두 번 찔렀소. 아크멧은 신음소리 한번 내지 못하고 그 자리에 고꾸라진 채 그대로 죽어버렸소. 지금 생각해보니 아마 쓰러질 때 목이 부러진 모양이오. 아무튼 나는 지금 댁들과 한 약속을 이행하는 중이오. 내게 유리하든 불리하게 작용하든, 자초지종을 하나도 빼놓지 않고 당시에 일어난 그대로 말하고 있소."

스몰은 여기서 말을 멈추고 홈즈가 내놓은 물 탄 위스키 잔을 향해 수갑 찬 손을 뻗었다. 나는 솔직히 그가 가담했던 냉혹한 살인 행각뿐만 아니라 이 끔찍한 사건을 마치 남의 일처럼 덤덤하게 털어놓는 스몰의 모습에 모골이 송연해질 정도로 놀라서, 그가 어떤 벌을 받게 되든 동정하고 싶은 마음이 털끝만큼도 일지 않았다. 홈즈와 존스는 무릎 위에 손을 올려놓고 스몰이 들려주는 이야기를 열심히 듣고 있었다. 하지만 두 사람의 얼굴에서도 내가 느끼는 혐오감을 읽을 수 있었다. 아마 스몰도 우리의 반감을 눈치챘는지 다시 이야기로 돌아갔을 때는 목소리나 태도에서 반항의 기미가 느껴졌다.

"물론 우리가 한 일이 옳지 못한 것은 분명하오."

스몰이 다시 입을 열었다.

"하지만 당시 나와 같은 처지에 있었다면, 목숨 걸고 일하면서 제몫을 거절할 사람들이 얼마나 있을지 궁금하오. 게다가 아크멧이 성 안에 들어온 이상, 그와 나 둘 중 하나는 죽어야 했소. 만에 하나 그가 그때 무사히 도망해서 거기서 있었던 일이 세상에 알려졌다면, 나는 군법회의에 회부되어 필경 총살형을 당했을 거요. 당시 사람들은 그런 일에 그리 너그럽지 않았으니까."

"하던 이야기나 마저 하시오."

홈즈가 냉랭하게 말을 했다.

"음……. 우리, 그러니까 압둘라와 아크바르, 나 세 사람은 아크멧의 시체를 성안으로 옮겼수다. 키가 작은데도 무겁기는 얼마나 무겁던지. 마호멧 싱은 그 자리에 남아서 문을 감시했고, 나머지 세 사람은 시체를 들고 시크교도들이 미리 준비해 둔 장소로 갔소. 꽤 멀리 들어갑디다. 구불구불한 복도를 따라 커다랗고 텅 빈 방들이 이어졌는데, 벽돌을 쌓아 올린 방의 벽돌이 무너져 있고 그 옆에 바닥 일부가 움푹 패어 시체를 묻기에 딱 좋은 곳이 있었소. 우리는 그곳에 아크멧의 시체를 넣은 다음 벽돌로 덮어두었다오. 아크멧의 시체를 처리하고 우리는 모두 보물이 있는 곳으로 돌아왔소.

철궤는 아크멧이 처음 습격을 당해 떨어뜨린 곳에 그대로 놓여 있었소. 지금 탁자 위에 열린 채 놓여 있는 게 바로 그때 그 상자요. 열쇠는 비단 끈에 매달려 부처상이 새겨진 손잡이에 꽂혀 있었소. 상자를 열고 랜턴을 비추자 퍼쇼어에서 살던 어린 시절, 책에서 읽고 상상하기만 했던 보석들이 내 눈에 수북이 쌓여 있습디다. 눈이 부셔서 쳐다볼 수가 없을 지경이었소. 우리는 보물들을 눈이 물리도록 실컷 쳐다보고는 모두 꺼내어 목록을 작성했소. 최고급 다이아몬드가 143개가 있었는데 그 중에는 '위대한 모굴'이라 불리는 세상에서 두 번째로 큰 다이아몬드도 있었소. 그 다음으로 일등품의 에메랄드가 97개, 루비가 170개 있었는데 그중 몇 개는 작습디다. 석류석이 40개, 사파이어가 110개, 마노가 61개, 거기다 녹주석, 오닉스, 묘안석, 터키석 등 셀 수 없이 많은 보석들이 있었소. 물론 지금은 알고 있지만 당시에는 이름도 모르던 보석들이었소. 헌데 이게 다가 아니었소. 최고급 진주도 300개 가까이 있었는데, 그 중 12개는 여자들이 쓰는 관 모양의 머리장식에 박혀 있었소. 그런데 이번에 보물 상자를 되찾아 열어보았더니 이 진주들은 사라지고 없습디다.

우린 보물을 다 헤아린 다음 상자에 다시 넣고, 성문으로
가져와서 마호멧 싱에게 보여줬소. 그리고 서로 약속을 잊지
않고 비밀을 지키기로 다시 한번 엄숙하게 맹세했소. 우리는
보물을 안전한 곳에 숨겨두었다가 나라가 다시 평온해지면 꺼
내서 똑같이 나누어 갖기로 합의를 봤소. 그 자리에서 나눠 가
져봤자 아무 소용이 없었으니까 말이오. 안 그랬겠소? 그런
값진 보석을 갖고 있다가 들키면 당연히 의심을 샀을 테고, 또
요새 안에서는 사생활이란 게 없었소. 그러니 보석을 보관해
둘 만한 마땅한 장소도 없었지. 그래서 우리는 보물 상자를 아
크멧을 묻은 방으로 가져갔소. 그리고는 보존상태가 가장 양
호한 벽을 골라 어느 벽돌 아래다 구덩이를 파고 보물 상자를
넣어둔 다음에 그 장소를 조심스럽게 표시해두었소. 그 다음,
날 나는 한 사람씩 돌아가도록 보물지도를 네 장 만들고 도면
아래쪽에 우리 네 사람의 이름을 써넣었소. 그건 우리 각자가
항상 네 사람 모두의 이익을 위해서만 행동할 것이며 맹세를
깨는 행위는 절대로 하지 않겠다는 의지를 나타내는 기호와도
같았소. 나는 손을 가슴에 얹고 절대로 이 맹세를 깬 적이 없
다고 자신 있게 맹세할 수 있소.

신사 분들 앞에서 세포이 항쟁이 어떻게 끝났는지에 대해
새삼스럽게 말할 필요는 없을 거요. 윌슨이 델리를 점령하고

콜린 경이 반란군에게 포위되었던 럭나우시를 탈환하자 반란군은 힘없이 무너졌소. 영국군이 파병한 새로운 군대들이 물밀듯 밀려들어왔고, 나는 아무도 몰래 국경을 넘어 달아났소. 그레이트헤드 대령 휘하의 유격대가 아그라로 진군해 들어와 반란군을 깨끗이 소탕했고 나라 전체가 평화로운 일상으로 되돌아가는 것 같았소. 그러자 우리 네 사람은 제몫의 보물을 가지고 안전한 곳으로 떠날 때가 가까워오고 있다는 것에 가슴이 두근거리기 시작했소. 그러나 우리가 아크멧의 살인범으로 체포되면서 그 희망은 물거품이 되고 말았소.

일이 어떻게 되었냐면 이렇소이다. 보물의 주인이었던 군주가 자신의 진귀한 보석들을 아크멧에게 맡긴 이유는 아크멧이 그만큼 믿을 만한 사람이기 때문이었소. 하지만 동양인은 원래 의심이 많은 족속이라오. 군주는 아크멧보다 더 믿을 만한 충복을 시켜 아크멧을 감시하도록 했소. 한시도 아크멧에게서 눈을 떼지 말라고 지시받은 충복은 아크멧을 그림자처럼 따라다녔소. 운명의 그날밤, 군주의 충복은 아크멧이 성문으로 들어가는 것을 목격했소. 물론 그는 아크멧이 요새 안에서 피신처를 구했을 거라 여기고 자신도 다음 날 허가를 얻어 안으로 들어갔소. 그러나 성문을 통과해보니 밤 사이 아크멧의 종적이 묘연해진 것이었소. 이상하게 생각한 군주의 충복은 이 사실을 정찰대 중사에게 전했고, 중사는 이를 사령관에게 보고했소. 곧 정찰대가 동원되었고, 철저한 수색 끝에 아크멧의 시체를 찾아냈소. 그렇게 해서 모든 일이 우리 뜻대로 되었다고 안심하고 있던 바로 그 순간, 우리 네 사람은 살인죄로 체포되어 재판에 회부된 거요. 압둘라와 마호멧과 나, 셋은 사건이 있던 날 밤 보초를 섰고, 압둘라의 수양 동생 아크바르는 살해된 아크멧과 동행했다는 게 기소 이유였소. 재판정에서 보석에 관한 언급은 단 한마디도 나오지 않았소. 보물의 원 소유주인 군주가 퇴위되어 인도에서 추방되었기 때문이었소. 사정이 그렇다보니 어느 한 사람 보물에 대해 특별히 문제를 제기하지 않았지. 하지만 살인이 일어난 것은 움직일 수 없는 사실이고 우리 네 사람이 살인 사건에 직접적으로 관여했다는 혐의도 벗을 수 없었소. 재판 결과 시크교도 세 사람에게는 종신형이 선고되었고 나는 사형선고를 받았소. 하지만 나중에 나도 그들과 똑같이 종신형으로 감형되었다오.

이렇게 돼서 우리는 아주 묘한 처지에 놓이게 됐소. 네 사람 모두 쇠고랑 찬 신세로 다시는 바깥 세상을 볼 수 없는 처지지만, 나가기만 하면 왕도 부럽지 않게 떵떵거리고 살 수 있다는 엄청난 비밀을 가슴속에 품고 있었으니 말이오. 밖에는 어마어마한 재물이 어서 꺼내가기만을 바라며 묻혀 있는데, 쌀밥에 물로 연명하며 거들먹거리는 비열한 간수들에게 발길질과 주먹질을 당하며 살자니 정말 고통스러웠소. 거의 미쳐

버릴 지경이었지. 하지만 나는 둘째가라면 서러워할 정도로 집념 하나는 굳은 놈이오. 꾹 참으며 때가 오기만을 기다렸소.

마침내 그 때가 온 것 같았소. 나는 아그라에서 마드라스로, 마드라스에서 다시 안다만 제도의 블레어 섬으로 이감되었소. 이 마지막 유형지에는 백인 죄수가 몇 되지 않았던 데다다가 내가 처음부터 말썽을 부리지 않고 얌전히 굴자, 나는 얼마 안 되어 특권 비슷한 것을 누리게 되었소. 해리엇 산기슭에 위치한 호프 타운이라는 작은 마을에 오두막 하나를 따로 배정 받아, 혼자 시간을 보내며 자유롭게 지내게 된 것이었지요.

그곳은 무덥고 열병이 기승을 부리는 황량한 땅으로, 우리의 조그만 개간지 너머로는 미개한 식인 종족들 천지였소. 그놈들은 기회만 있으면 우리에게 독화살을 날렸소. 그곳은 벌목을 하고 개간한 개척지다 보니 해야 할 일 천지입디다. 움막을 짓고, 도랑도 파고, 감자도 심고, 그 외에도 해야 할 일이 산더미처럼 많았소. 우리 죄수들은 하루 종일 일에 시달렸지만 날이 저물면 자기 시간을 조금은 가질 수 있었소. 나는 다른 일도 많이 했지만, 특히 군의관 조수로 일하면서 약 제조법을 배웠소. 그리고 비록 수박 겉 핥기 식이었지만 그 어깨너머로 의학 지식도 쌓았다오. 그런 중에도 끊임없이 탈출할 기회를 노렸소. 하지만 다른 섬으로 가려해도 하나같이 수백 마일은 떨어져 있는 데다 섬 부근에는 바람도 거의 불지 않았기 때문에 탈출한다는 게 거의 불가능했소.

　군의관 소머톤은 성실하지만 내기를 좋아하는 젊은 친구였소. 그래서 저녁이 되면 다른 젊은 장교들이 군의관 방에 모여 카드놀이를 하곤 했지. 내가 약을 조제하는 방은 소머톤의 거실 바로 옆에 있었고, 그 사이에 조그만 창이 하나 나 있었소. 가끔 외로울 때면 나는 조제실에 있는 호롱불을 끄고 창가에 서서 옆방에서 카드게임을 하고 있는 사람들의 이야기를 듣거나 게임판을 지켜보곤 했소. 나 역시 카드게임을 좋아했지만 남들이 하는 것을 지켜보는 재미도 그에 못지 않습디다. 원주민 부대를 지휘하는 숄토 소령과 모스턴 대위, 브롬리 브라운 중위, 방 주인인 서머톤과 교묘하니 능수능란한 솜씨로 지는 내기는 절대 하지 않는 교활한 간수 두세 명이 카드게임의 고정 멤버였소.

　그런데 카드게임을 들여다 보고 있자니 당장 눈에 띄는 점이 하나 있었소. 군인은 지는 게 일이고 이기는 쪽은 언제나 민간인들이란 거였소. 그렇다고 무슨 속임수가 있었다는 말은 아니오. 하지만 어쨌든 결과는 늘 그랬소. 간수들은 안다만 제도로 발령 받아 들어온 이래, 다른 소일거리도 없고 해서 늘상 카드게임을 하다 보니 다른 이들의 수를 훤히 꿰고 있었던 거요. 반면 장교들은 시간이나 보내자고 하는 짓이라 그다지 신경을 쓰지 않고 되는 대로 쳤소. 시간이 지날수록 군인들은 빈

틸터리가 돼갔소. 그런데 그렇게 하루하루 돈을 잃게 되자 군인들은 더욱 카드놀이에 열을 올립디다. 특히 숄토 소령이 돈을 제일 많이 잃었소. 처음 소령은 내기에서 지면 지폐나 금을 내놓았소. 하지만 얼마 지나지 않아 약속어음을 써주게 되었는데 그것도 점점 고액으로 올라갑디다. 가끔씩 운이 좋아 몇 푼 딸 때도 있었는데, 그래서 한숨 놓을라치면 그 다음에는 훨씬 더 많은 돈을 잃었소. 소령은 그즈음 하루 종일 몹시 화가 난 사람처럼 안절부절못하며 주위를 어슬렁거렸고, 몸을 해칠 정도로 술을 많이 마셔댔소.

어느 날 밤, 소령은 평소보다 훨씬 많은 돈을 잃었소. 내가 막사에 앉아 있는데 소령과 모스턴 대위가 숙소로 가려고 비틀거리며 내려옵디다. 두 사람은 흉금을 터놓고 지내는 막역한 친구로 어딜가나 늘 붙어 다녔소. 소령은 카드 판에서 잃어버린 돈 때문에 거의 미친 사람 같았소.

'모스턴, 난 이제 끝이야. 사표를 써야겠어. 나는 파산했어. 내 인생은 이제 끝났네.'

두 사람이 내 막사를 지나갈 때 소령이 하는 말이 들렸소. 그러자 모스턴 대위가 소령의 어깨를 두드려주며 위로를 합디다.

'여보게, 그게 무슨 말인가! 내 처지도 말이 아니네. 하지만……'

거기까지가 내가 들은 전부라오. 하지만 그것으로 충분했고 나는 가만히 생각에 잠겼소.

이틀 뒤 숄토 소령이 바닷가를 혼자 거닐고 있었소. 나는 그에게 말을 걸 좋은 기회라 생각하고 조심스럽게 다가갔소. 그리고 용기를 내어 이렇게 운을 떼어봤지.

'소령님의 조언을 구했으면 하는 일이 있습니다.'

그랬더니 소령은 궐련을 입에서 떼며 물었소.

'그래 스몰, 무슨 일인가?'

'숨겨진 보물을 누구에게 넘기는 게 바람직한지 소령께 여쭙고 싶었습니다. 저는 50만 파운드 상당의 보물이 숨겨진 곳을 알고 있습니다. 그런데 저는 그것을 쓸 수도 없는 형편이고 해서 생각을 해봤답니다. 그 보물을 정부당국에 넘기는 것이 최선이 아닐까 하고 말입니다. 그러면 혹 제 형량을 감해주지는 않을까요?'

그랬더니 소령은 숨넘어가는 소리로 물었소.

'스몰, 50만 파운드라고 말했나?'

그러면서 내 말이 사실인지 아닌지 확인하는 눈초리로 나를 빤히 쳐다봅디다.

'그렇습니다. 보석과 진주들이 고이 묻혀 누가 꺼내주기만을 기다리고 있지요. 더구나 보물의 원 주인은 나라밖으로 추방당한 신세라 소유권도 박탈당했습니다. 그러니 누구든 먼저 찾는 사람이 임자지요.'

'정부에 넘기는 게 좋겠구나. 정부에 넘겨야지.'

소령이 더듬더듬 말을 했는데 그 더듬거리는 꼴을 보니, 그가 이미 내게 넘어왔다는 걸 확신 할 수 있었소.

'그러니까 소령님 생각엔 제가 총독께 보물에 대한 사실을 보고해야 한다는 말씀이시죠?'

난 조용한 목소리로 물었소.

'아니, 성급하게 굴지는 마라. 나중에 후회할지도 모르니. 우선 어떻게 된 일인지 나한테 얘기해보거라. 아주 자세히.'

난 소령에게 자초지종을 다 털어놨소. 단 소령이 보물이 묻힌 장소를 알아채지 못하게 몇 가지는 실제와 다르게 말했소. 내가 이야기를 끝내자 소령은 머릿속이 복잡한지 나무 기둥처럼 꼼짝 않고 서 있습디다. 입술이 떨리는 걸 보니 마음 속으로 갈등하고 있는 게 역력했소. 한동안 입을 다물고 고민에 빠져 있던 소령이 입을 열었소.

'스몰, 이건 아주 중대한 문제다. 내 곧 너를 부를 테니 보물에 대해선 입을 단단히 다물고 있어라.'

이틀 뒤 소령과 모스턴 대위가 한밤중에 호롱불을 들고 내 막사로 왔소.

'스몰, 모스턴 대위에게도 나에게 말했던 그 보물이야기를 그대로 말씀드려라.'

소령이 말합디다. 나는 소령에게 이야기했던 그대로 모스턴 대위에게 들려주었소.

'어때? 그럴듯하게 들리지 않나? 한번 행동에 옮겨볼 만한 가치가 있을 것 같아.'

내 이야기가 끝나자 소령이 대위에게 묻습디다. 모스턴 대위는 고개를 끄덕였소.

'이봐 스몰, 여기 이 친구와 나는 그 문제를 두고 진지하게 의견을 나눠봤다. 우리가 내린 결론은 이 비밀은 정부와는 아무 관계도 없다는 것이다. 요컨대 그 보물은 전적으로 네가 알아서 할 일이라는 말이다. 그러니 네가 원하는 대로 처리할 권리가 있지. 이제 남은 문제는 네가 그 보물을 대가로 바라는 것이 무엇이냐는 점이다. 서로 조건만 맞는다면 우리 두 사람이 보물을 가져오고 싶은데……. 적어도 한번 구경이나 해보고 싶은 생각이 있네.'

소령은 이처럼 보물에 그리 큰 관심은 없다는 식으로 말하려 애썼지만 두 눈은 흥분과 탐욕으로 번득이고 있습디다.

'글쎄요, 제가 바라는 것이라면…….'

나 역시 급할 거 없는 것처럼 보이려고 애썼지만 가슴이 뛰기는 소령과 마찬가지였소.

'저 같은 처지에 있는 놈이 바라는 것이야 하나뿐이지요. 제가 자유의 몸이 될 수 있도록 해주십시오. 동지 세 사람도 함께 말입니다. 그렇게만 해주신다면 두 분에게도 공평하게

몫을 배분하여, 보물의 5분의 1을 드립지요.'

'5분의 1이라……. 그렇게 구미가 당기는 조건은 아닌데.'

소령이 이렇게 말하기에 내가 말했소.

'두 분에게 각각 5만 파운드씩 돌아갈 텐데, 그게 적단 말씀이신가요?'

'하지만 우리가 무슨 수로 너희를 자유의 몸이 되게 하지? 너도 네가 불가능한 요구를 하고 있다는 건 알고 있을 텐데.'

'불가능하지 않습니다.' 내가 대꾸했소. '제가 처음부터 끝까지 다 생각해둔 게 있습니다. 탈출에 장애가 되는 유일한 문제는 탈출에 적합한 배를 구할 수 없다는 것과 오랜 항해 동안 연명할 식량이 없다는 겁니다. 캘커타나 마드라스에 가면 작은 요트와 소형 범선들이 많이 있습니다. 두 분이 그 중 한 척을 구해주시면 저희들은 밤에 몰래 그 배에 오를 겁니다. 그런 다음 두 분이 저희들을 인도 해안 아무 데라도 떨어뜨려주시면, 그것으로 이번 거래에서 두 분이 맡은 몫을 이행하신 셈이 됩니다.'

'한 사람 이라면 어떻게 해볼 텐데…….'

내 말에 소령이 토를 답디다.

'네 사람 모두가 아니면 그만두겠습니다. 저희는 네 사람이 항상 함께 움직이기로 맹세했습니다.'

'이보게, 모스턴.' 소령이 모스턴 대위한테 말합디다. '스몰

은 약속을 지키는 친구라네. 친구들을 배신하지 않잖나. 스몰을 믿어도 좋을 것 같네.'

'떳떳한 일은 아니지만 자네 말대로 커미션이 꽤 짭짤하니까.' 대위가 입을 열었소.

'좋아, 스몰. 당연한 수순이지만 우린 네 말이 진실인지부터 알아봐야겠다. 보물상자를 숨겨둔 곳이 어딘지 말해다오. 그러면 내가 휴가를 얻어 군수품 수송선을 타고 인도 본토로 가서 조사해보겠다.'

상대가 열을 올릴수록 나는 더 냉정해집니다. 그래 이렇게 말했소.

'서두르지 마십시오. 우선 세 동지들의 동의를 얻어야 합니다. 말씀드렸듯이 우리 네 사람 전부가 합의해야만 가능합니다.'

'바보 같은 소리! 검둥이 세 놈이 우리 약속과 무슨 상관이 있단 말이냐?'

소령이 버럭 소리 질렀소.

'검둥이든 퍼런둥이든, 그들은 제 친구고 무슨 일을 하든 우리 네 사람은 함께 움직일 것입니다.'

그 일은 마호멧 싱과 압둘라 칸, 도스트 아크바르가 다 참석한 두 번째 모임에서 결론이 났소. 우리는 의논 끝에 두 장교에게 아그라 요새의 도면을 주고 거기에 보물이 감춰져 있는 장소를 표시해주기로 결론을 내렸소. 숄토 소령이 지도를 가지고 인도로 가서 사실여부를 알아보고, 만약 보물상자를 발견하면 그것을 거기 그대로 둔 채, 양식을 비축한 소형 범선을 러틀란드 섬 해안에서 좀 떨어진 곳에 대기시켜 두기로 했소. 그러면 우리 네 사람은 어떻게든 그 범선을 타고 떠나고, 소령은 근무지로 돌아오기로 말이오. 그러면 모스턴 대위는 휴가를 얻어 우리와 아그라에서 합류해 최종적으로 보물을 나누어 갖기로 했소. 그때 대위는 자신의 몫과 소령 몫까지 한꺼번에 받아가기로 했소. 이 계약을 우리는 생각하거나 입 밖에 내기도 꺼릴 정도의 아주 엄숙한 맹세로 다짐했소. 나는 종이와 잉크를 가지고 밤새 작업을 해서 아침이 될 무렵 두 개의 지도를 완성했고, 그 아래 압둘라와 아크바르, 마호멧과 나, 이렇게 네 사람 이름을 적어 넣었소.

신사 분들은 내 긴 이야기를 듣느라 지치셨을 거요. 여기 계신 존스 씨는 나를 어서 유치장에 넣고 싶어 조바심치고 있다는 걸 잘 알고 있소. 그러니 되도록 짧게 이야기를 마무리 짓겠소이다. 천하의 악당 숄토 놈은 인도로 가더니 그 길로 다시는 돌아오지 않았소. 숄토가 인도로 떠난 직후, 모스턴 대위가 우편선 승객 명단에 숄토의 이름이 올라 있는 걸 보여주었소. 백부가 유산을 남기고 세상을 떠났기 때문에 군대를 떠났다는 얘기였소. 이처럼 숄토 놈은 우리에게 그랬듯이 다섯 사람쯤은 거뜬히 속여먹고도 남을 교활한 놈이었소. 모스턴 대위는 혹시나 하는 마음에 아그라로 달려가 봤는데 우리 예상대로 보물은 사라지고 없었소. 천하의 악당 숄토 놈은 우리가 보물에 얽힌 비밀을 넘기는 대가로 약속 받은 조건 중 어느 한 가지도 이행하지 않은 채 보물을 상자째 들고 달아나버린 것이오.

그날부터 난 오직 복수를 위해 살았소. 낮에는 복수를 생각하며 버텼고 밤에는 복수를 가슴에 품고 잠을 잤소. 복수심에 너무 사로잡힌 나머지, 복수심이 없었다면 살 수 없을 지경이 되었소. 나는 법 같은 건 전혀 개의치 않았소. 아니, 교수형을 당한다해도 상관없었소. 어떻게든 탈옥해서 숄토 놈을 뒤쫓아가 내 손으로 그놈의 목줄을 끊어놓는 생각밖에 안 납디다. 놈의 숨통을 조를 수만 있다면 그까짓 아그라의 보물 같은 건 아무래도 좋다는 생각마저 들었소.

살면서 하고 싶은 일이 많았지만 그 중 이루지 못한 건 하나도 없었소. 하지만 복수의 때가 오기까지 몇 년이고 기다리는 일은 넌덜머리 날 정도로 지루했소. 아까도 말했지만 나는 약 조제법에 대해 좀 주어들은 게 있었소. 군의관 소머튼이 열병에 걸려 앓아 누워 있던 어느 날, 숲 속에 들어간 죄수들이 조그만 안다만 원주민 하나를 데리고 왔소. 병에 걸려 죽을 지경이 되자 혼자 죽으려고 외딴 곳으로 나왔다가 죄수들 눈에

떼었던 거라오. 독사처럼 표독스런 놈이었지만 나는 그 원주민을 떠맡아 보살폈소. 두 달 가까이 지나자 놈은 몸을 추스르고 제 발로 걸을 수 있을 정도로 회복되었소. 그런 인연으로 놈은 늘 내 뒤꽁무니를 쫓아다녔소. 숲으로 돌아갈 생각도 않고 늘 내 막사 주위를 어슬렁거립디다. 녀석한테서 그들의 언어를 한두 마디 배웠는데, 그 일로 녀석은 나를 더 좋아하게 되었소.

통가, 그 녀석 이름인데, 통가는 배를 잘 다뤘소. 게다가 가죽으로 만든 제 소유의 크고 널찍한 배를 갖고 있었소. 그리고 통가는 나를 너무 좋아해서 내 뒤만 졸졸 따라다닐 정도였소. 통가 녀석이 나를 위해서라면 무슨 짓이라도 할 거라는 사실을 알게 되자 탈출에 대한 가망이 보입디다. 나는 통가와 탈출을 놓고 진지하게 이야기를 나눴소. 녀석은 감시가 자장 소홀한 오래된 선착장으로 밤에 자기 배를 끌고 와 기다리고 있다가 나를 태우기로 했소. 나는 물통 여러 개와 감자, 코코넛, 고구마 따위를 넉넉히 실어두라고 일렀지요.

녀석은 충실하고 거짓 없었소. 통가보다 의리 있고 충실한 친구는 세상에 없을 거요. 약속한 날 밤에 통가는 배를 선착장에 갖다댔소. 하지만 공교롭게도 간수 한 놈이 거기 내려와 있더군. 파탄이라는 놈이었는데, 그놈은 건수만 있으면 절대로 그냥 넘어가지 않고 나를 모욕하고 구타했던 악독한 놈이었소. 언젠가 앙갚음하겠다고 맹세했었는데 마침 그 기회가 온 거요. 마치 운명의 여신이 섬을 떠나기 전, 놈에게 진 빚을 갚으라고 놈을 거기다 데려다 놓은 것만 같았소. 놈은 카빈 총을 어깨에 메고 내게 등을 돌린 채로 제방에 서 있었소. 나는 주위를 둘러보며 놈의 머리를 박살낼 만한 돌을 찾았는데 하나도 보이지 않았습니다. 그때 퍼뜩 묘수가 떠올랐소. 무기는 내 손이 닿는 곳에 있었던 거요. 나는 어둠 속에서 자리를 잡고 앉아, 내 나무 의족의 끈을 풀었소. 그리고는 한쪽 다리로 껑충껑충 뛰어가 놈을 덮쳤소. 녀석이 어깨에 멘 카빈 총을 겨누었지만, 나는 의족으로 놈의 머리통을 정통으로 내리쳤소. 이 의족의 금간 부분이 그때 생긴 것이오. 의족을 벗어 몸을 균형을 잡을 수 없었기 때문에 나도 놈이 쓰러질 때 같이 바닥에 넘어졌는데, 내가 일어나 앉아보니 놈은 미동도 없이 아주 조용히 누워 있습디다.

나는 그런 후에 배를 탔고. 한 시간이 뒤에는 안전한 바다로 나올 수 있었소. 통가는 섬에서 지녔던 제 물건들을 다 챙겨 갖고 왔습디다. 무기와 우상들도 잊지 않았소. 물건들 중에 대나무로 만든 긴 창과 코코넛으로 만든 돗자리가 있었는데, 나는 그 돗자리로 돛을 만들어 배에 달았소. 열흘 동안 우리는 운명에 목숨을 맡긴 채 바다 위를 떠돌았소. 그러다 열 하루째 되는 날, 말레이의 순례자들을 싣고 싱가포르에서 지다

〈리핀코트〉 매거진 1890년 2월호 삽화

(사우디아라비아 서부의 홍해에 면한 도시)로 가던 상선에게 구조되었소. 말레이 순례자들은 이상한 사람들이었지만, 통가와 나는 그럭저럭 그들과 어울려 지낼만 했소. 그들에게는 아주 맘에 드는 구석이 하나 있었는데, 우리를 둘만 있도록 그냥 내버려 두고 아무것도 묻지 않는다는 거였소.

통가와 내가 그간 겪은 일들을 다 들려준다고 하면 아마 별로 반갑지 않을 거요. 여기까지만 얘기하는 데도 하룻밤이 다 갔으니 말이오. 우리는 안 가본 데 없이 세상 곳곳을 떠돌아다녔소. 그러나 영국으로 올 일이 생길라 치면 매번 문제가 터져 길을 막고 섭디다. 하지만 나는 한 번도 내 목표를 잊은 적이 없소. 밤이면 꿈에서 숄토 놈을 보았소. 꿈속에서지만 나는 골백번도 넘게 그놈의 목을 졸랐지. 그러다 한 3~4년 전에 드디어 영국 땅을 밟게 되었소.

숄토가 사는 곳을 찾기는 어렵지 않았소. 나는 곧 놈이 보물을 현금으로 바꿨는지 아니면 그대로 가지고 있는지 확인하는 일에 착수했소. 나는 내게 유용한 사람을 친구로 사귀어 놈이 보석을 그대로 가지고 있다는 사실을 알아냈소. 괜한 사람을 곤경에 빠뜨리고 싶지 않으니 그 이름은 밝히지 않겠수다. 어쨌든 나는 그때부터 놈에게 접근하려고 온갖 수단을 다 썼소. 하지만 교활하기 짝이 없는 숄토 놈은 두 아들과 인도에서 밑에 두고 있던 하인을 이곳까지 데려온 것만으로도 모자라, 두 명의 프로 권투선수까지 고용해 물샐틈없이 경호하게 했소.

절치부심하며 복수의 칼날을 벼르고 있던 내게 놈이 죽어가고 있다는 소식이 날아들었소. 놈이 그토록 허무하게 내 손아귀에서 빠져나간다는 생각을 하니 정신이 돌아버릴 것 같습디다. 나는 서둘러 놈의 저택으로 달려가 그 방의 창문으로 들여다보니, 두 아들을 양쪽에 세운 채 침대에 누워 있더군. 온갖 역경 끝에 동지들과의 맹세를 이행할 순간이 다가온 것이오. 헌데 내 모습을 본 순간 놈의 고개가 툭 떨어졌고, 나는 놈이 황천길에 오른 걸 알았소. 하지만 그날 밤, 나는 놈의 방으로 잠입해서 서류와 짐들을 뒤졌소. 혹시 우리 보물을 숨긴 장소를 기록해둔 종이조각이라도 있을까 해서 말이오. 하지만 끝내 아무것도 찾지 못하고 쓰라림과 격렬한 분노만 가슴에 안은 채 그 방을 나올 수밖에 없었소. 헌데 방을 나서기에 앞서 떠오른 생각이 있었소. 만약 언젠가 시크교도 친구들을 다시 만난다면 내가 우리의 뿌리 깊은 증오를 나타내는 어떤 표시를 남기고 왔다는 것이 그나마 친구들에게 위안이 되지 않을까 하는 생각이 든 거요. 그래서 보물지도 위에 적은 것처럼 '네 개의 기호'라고 휘갈겨 써서 놈의 가슴에 꽂아 놓았소. 놈에게 정당한 권리를 가로채이고 속아 넘어간 사람들한테서 아무런 보복도 받지 않고 무덤에 고이 묻힌다는 사실이 참을 수 없었기 때문이오.

통가와 내가 이때까지 어떻게 살아온 줄 아시오? 나는 장날이나 축제 같은 것이 열리면 가엾은 통가를 식인종이라고 소개하고 구경시켜서 번 돈으로 먹고살았소. 통가는 사람들 앞에서 날고기를 먹고 싸움터로 나가는 원주민 용사의 춤을 추어야 했소. 그렇게 하루를 마치고 나면 모자에 잔돈이 꽤 모입디다. 그러면서도 폰디체리 저택에 대한 감시를 게을리하지 않았는데, 몇 년 동안은 사람들이 보물을 찾고 있다는 소식 외에는 별다른 소식이 들려오지 않았소. 헌데 드디어 우리가 그렇게 오랫동안 기다리고 기다려온 소식이 날아들었소. 보물이 발견됐다는 것이오.

보물은 숄토의 화학 실험실 천장 위에 숨겨 있었소. 나는 당장에 달려가 보물이 놓여 있는 장소를 살펴보았는데, 의족을 달고는 그 꼭대기까지 어떻게 올라갈지 난감합디다. 하지만 난 지붕에 들창이 나 있다는 것과 바솔로뮤의 저녁식사 시간을 알게 되었소. 통가를 잘만 이용하면 일이 풀릴 것도 같습디다. 나는 통가의 허리에 긴 밧줄을 매어 저택으로 데려왔소. 통가는 고양이처럼 벽을 타고 올라가 곧 지붕에 도착했는데, 공교롭게도 바솔로뮤가 아직 자기 방에 있다가 화를 당했던 거요. 통가는 제 딴에는 영리한 짓을 한답시고 바솔로뮤를 죽인 거라오. 통가가 창문으로 내려준 밧줄을 타고 방으로 올라가 보니 녀석은 어깨를 으쓱거리며 우쭐해하고 있었소. 내가 달려들어 밧줄로 매질을 하고 피에 굶주린 꼬마 도깨비라고 욕을 퍼붓자 통가는 어쩔줄 몰라했다오. 어쨌든 나는 보물 상자를 밧줄에 매달아 내려보낸 다음, 탁자 위에 네 개의 기호를 남겨 마침내 보물이 정당한 주인에게 돌아갔다는 것을 알렸소. 그런 다음 나는 밧줄을 타고 정원으로 내려왔고, 통가는 밧줄을 끌어올리고 창문을 잠근 뒤, 들어갈 때와 똑같이 다시 지붕을 통해 밖으로 나왔소.

그 다음은 당신들도 이미 알고 있을 테니 별로 할 말이 없수다. 나는 우연히 스미스가 모는 증기선이 아주 빠르다는 어느 선원의 말을 들었고, 그런 배라면 우리가 탈출할 때 요긴하게 쓰이겠구나 생각하고 미리 점 찍어두었소. 그리고 선주 스미스와 임대계약을 맺은 다음, 통가와 나를 우리 배가 정박해 있는 곳까지 무사히 데려다주면 후하게 사례하겠다고 약속했소이다. 분명 스미스도 뭔가 낌새가 이상하다는 것은 알고 있었겠지만 자세한 내막 같은 건 전혀 몰랐소. 내가 지금까지 말한 내용은 전부 사실이오. 그리고 내가 댁들한테 이 얘길 한 건 댁들 재미있으라고 한 게 아니오. 이렇게 나를 체포했으니 뭐가 좋다고 당신들에게 좋은 일을 하겠소? 단지 모든 사실을 아무것도 숨기지 않고 그대로 세상에 알리는 게 내가 할 수 있는 최상의 변호라고 믿기 때문이오. 숄토 소령의 처사가 얼마나 비열하고 부당했으며 내가 놈의 아들이 죽은 것에 대해서는 전혀 무관하다는 사실을 분명히 밝히고 싶었소."

"아주 놀랄 만한 이야기였소."

잠자코 스몰의 진술에 귀를 기울이고 있던 홈즈가 이윽고 입을 열었다.

"흥미로운 사건에 딱 어울리는 결말이기도 하고, 진술의 마지막 부분에서는 당신이 밧줄을 가져왔다는 점만 빼면 내가 모두 짐작하고 있던 그대로요. 그 사실은 모르고 있었소. 그건 그렇고 나는 통가가 떨어뜨리고 간 독침이 그가 갖고 있던 전부이길 바랐는데, 배에서 우리에게 또 한 방을 날리더군."

"통가가 독침 전부를 잃어버린 건 맞소. 배에서 쏘았던 독침은 대롱 속에 마지막 남아 있던 거였소."

"아, 그랬군요. 그 생각을 미처 못했습니다."

그러자 스몰이 한결 부드러워진 목소리로 물었다.

"달리 묻고 싶은 건 없소?"

"고맙지만 더는 없는 것 같소이다."

홈즈가 대꾸했다.

"그런데 홈즈 씨."

애서니 존스가 입을 열었다.

"홈즈 씨, 당신은 이 사건을 해결한 사람이고, 범죄전문가라는 걸 잘 알고 있소이다. 하지만 내겐 경찰로서의 책무가 있소. 홈즈 씨와 왓슨의 요청을 들어주느라 다소 무리를 했는데, 나는 이 이야기꾼을 검찰에 인도해야 마음이 더 편할 것 같소. 마차가 아직 기다리고 있고 아래층에선 경관 둘이 대기 중이오. 두 분이 도와줘서 얼마나 고마운지 모르오. 물론 재판 정에 참고인으로 출두해주셔야 합니다. 그럼 나는 이만 가보 겠소이다."

"모두 안녕히 계십시오."

조나단 스몰이 홀가분한 목소리로 인사를 했다.

"스몰, 당신이 앞서시오."

방을 나갈 때 빈틈없는 존스가 경계심을 드러내며 말했다.

"안다만 제도에서는 간수를 어떻게 해치웠는지 모르지만, 난 그 의족으로 뒤통수를 얻어맞지 않게 각별히 조심해야겠네."

"음, 이것으로 우리의 짧은 드라마가 끝이 났군."

잠시 홈즈와 함께 담배만 피우다가 내가 입을 열었다.

"유감스럽게도 이 사건이 자네의 수사방법을 옆에서 지켜 볼 수 있는 마지막 기회가 될 것 같네. 실은 메리가 내 청혼을 허락했다네."

그 말을 듣고 홈즈는 침울한 얼굴로 신음소리를 냈다.

"혹시 그렇게 되지 않을까 걱정했었지. 솔직히 자네를 진심 으로 축하해줄 수 없어 미안하네."

난 홈즈의 냉담한 반응에 마음이 좀 상했다.

"내 선택이 마음에 차지 않는 이유라도 있나?"

"전혀. 모스턴 양은 내가 만나본 아가씨 중에서 가장 매력적인 아가씨이네. 거기다 우리 같은 일을 하는 사람에게는 누구보다도 도움이 될 만한 아가씨이지. 모스턴 양은 그런 쪽으로 예리한 직관을 지녔어. 아버지가 남긴 문서 중에서 아그라 도면을 찾아 보관하고 있는 것만 봐도 알 수 있지. 하지만 사랑은 감정적인 것이네. 무슨 일이든 감정이 개입됐다 하면, 내가 무엇보다도 중요하게 여기는 냉철한 이성을 마비시키지. 나는 결혼 같은 것은 절대 하지 않을 생각이네. 판단력을 흐리고 싶지 않거든."

나는 웃으며 말했다.

"내 판단력은 그런 호된 시련도 견뎌낼 거라고 믿네. 헌데 자네 피곤해보이는 걸."

"피곤하군. 벌써 반작용이 나타나기 시작했다네. 한 일주일 동안은 넝마조각 마냥 축 늘어져있겠군."

"게으르다는 말 외에는 달리 표현할 수 없을 정도로 축 늘어져 있다가 어떻게 그렇게 완전히 다른 사람처럼 정력과 활기로 넘쳐나게 되는지 참 모를 일일세."

"맞네. 내 속에는 지독한 게으름뱅이 한 놈과 아주 기운찬 녀석이 함께 들어있지. 그래서 가끔씩 괴테가 말년에 한 말이 생각난다네. '자연이 인간을 창조한 것은 안타까운 일이다. 가치가 있을 때는 사람이지만 말썽을 부릴 때는 한낱 물질에 지나지 않기 때문이다.' 그런데 이 노우드 사건 말일세, 내 짐작대로 집에 스몰과 내통한 자가 있었다는 건 자네도 인정할 거야. 분명 집사 랄 라오야. 그러니 실상 존스는 커다란 그물을 쳐서 겨우 물고기 한 마리만 낚고는 모든 영예를 독차지하게 됐네 그려."

"그건 불공평하네. 사실 이번 사건은 자네 혼자 해결하지 않았나. 나는 아내를 얻고, 존스는 명성을 얻었네. 그런데 자네에게 남은 건 뭐지?"

"나한테는, 여기 코카인이 남아있지 않나."

홈즈는 코카인 병 쪽으로 그 길고 하얀 손을 뻗었다.

『네 개의 기호』해설

정태원(추리소설비평가)

코난 도일은 『주홍색 습작』을 발표한 후, 자신의 능력을 최대한 시험해보기 위해 1년에 걸쳐 역사 소설 『마이카 클락』을 썼다. 1888년, 도일은 커다란 희망을 안고 출판사에 원고를 발송했지만 어느 곳에서도 연락이 없었다.

마지막 희망을 갖고 원고를 롱맨즈에 보냈는데, 그곳에 있던 앤드류 랭(스코틀랜드 출신의 문학자, 1844~1912)의 마음에 들어 1889년 2월에 책이 나왔다. 폭발적인 인기는 없었지만 평판은 아주 좋았다.

당시 미국에서는 영국 문학이 상당히 유행했다. 이유는 단하나, 저작권에 관한 법률이 제정되어 있지 않아서 저작권료를 지불하지 않고도 얼마든지 판매가 가능했기 때문이었다. 도일의 『주홍색 습작』도 미국에서 어느 정도 성공을 거뒀다. 그러자 〈리핀코트〉의 런던 대리인은 홈즈의 신작을 쓰게 하려고 도일과 만나기로 약속을 했다.

코난 도일은 병원을 쉬고 대리인을 만나러 런던에 갔는데, 거기서 동석한 오스카 와일드(세기말을 대표하는 소설가, 1856～1900)도 알게 된다. 그날 밤의 미팅에서 도일과 와일드는 〈리핀코트〉에 소설을 쓰기로 결정했다. 그래서 나온 책이 와일드의 『도리언 그레이의 초상』과 홈즈에 관한 도일의 두 번째 작품 『네 개의 기호』(The Sign of Four)이다. 이 책들은 1890년 2월 〈리핀코트〉에 발표되었고, 1892년 스펜서 브래킷이 단행본으로 출판했다. 결국 미국 독자를 위해 홈즈 시리즈가 다시 나온 것이다(하지만 홈즈가 열광적인 인기를 얻은 것은 〈스트랜드〉에 단편 「보헤미아의 스캔들」을 발표하고 나서부터였다).

『네 개의 기호』의 사건 발생 년도는 1888년 9월로 『주홍색 습작』에 기록된 사건 발생 7년 후가 되고, 왓슨 의사의 기록으로서는 두 번째가 된다. 처음 〈리핀코트〉에 발표되었을 때는 '숄토 가의 문제'라는 부제가 있었는데, 나중에 단행본으로 출판되었을 때는 본문의 소제목으로 사용되었다. 현재는 이 소제목이 없다.

홈즈가 해결한 사건들 중에서 가장 유명한 사건의 하나인

『네 개의 기호』는 두 개의 이야기로 이루어졌다. 하나는 바솔로뮤 숄토의 죽음에 관련된 미스터리와 도둑맞은 아그라의 보물에 관해서 홈즈가 조사하는 것이고, 다른 하나는 왓슨과 사건 의뢰인 메리 모스턴의 로맨스이다. 참극의 현장 폰디체리 저택에서 템즈 강까지 살인범을 쫓는 홈즈의 수사는 그 빛나는 경력 가운데서도 특기할 만하다. 손에 땀을 쥐게 하는 클라이맥스인 템스 강의 추적에서 홈즈는 사람을 죽인다. 이것은 정전(canon)에서는 처음이며 마지막 있는 일이다. 한편 왓슨은 홈즈가 살인범을 쫓는 것과 마찬가지로 열의를 갖고 메리 모스턴에게 접근한다. 사건이 해결된 후, 메리는 왓슨의 프로포즈를 받아들인다.

이야기 첫 부분과 마지막에는 홈즈의 코카인 상용이 확실히 묘사되어 있고, 분명히 왓슨도 그것에 대해 비난하고 있다. 지금 독자들은 이 장면을 의아스럽게 생각할 것이다.

어떻게 세계적인 명탐정이 코카인에 중독되었을까?

법적인 문제는 없었을까?

하지만 이 당시 사람들은 마약이나 마약 사용자에 대한 편견을 갖고 있지 않았다. 마약을 사는 것은 합법이었다. 드 퀸시, 찰스 디킨스, 로버트 루이스 스티븐슨도 1920년 독물약물법이 제정되어 시행되기 전까지는 아편을 복용했었다.

홈즈는 하루에 세 번 코카인 7퍼센트 용액을 주사했는데 이

것은 아주 강한 처방은 아니라고 한다. 1898년 『영국 약전』에 코카인이라 불릴 만한 용액 농도는 10퍼센트로 되어 있다.

코카인 용액을 처음 피하 주사로 사용한 사람은 1901년, 베를린의 의사 칼 루드비히 슐라이히라고 알려져 있다. 그런데 1888년 홈즈가 피하 주사를 사용한 것은 어떻게 된 것일까? 왓슨의 착각일까? 이런 의문을 제시한 사람도 있다. 이에 대해 줄리안 울프 박사는 미국의 의사 윌리엄 S. 할스테드가 1884년에 이미 피하 주사법을 이용했으므로 이 장면은 아무 문제가 없다고 말했다.

1967년 4월 〈사이언스〉지에 다음 기사가 나와 있다.

코카인 사용은 상습적이 되기 쉽지만 다른 마약과 비교해서 그 상습성의 정도는 강하지 않다. 또 생리적 금단 증상도 없기 때문에 프로이트나 셜록 홈즈처럼 성격이 강한 사람은 자신의 의지로 코카인 사용을 가감하는 것이 어렵지 않다.

그러나 코카인 사용은 때때로 신경 중추에 강한 영향을 주어 난폭한 행동을 일으킬 수도 있으며 이런 반응은 분명히 반사회적이다. 코카인은 독성이 아주 강하고 때로는 빠르게 흡수되어, 경우에 따라서는 목숨을 잃을 수도 있다.

기사에서 알 수 있듯이 홈즈는 강한 의지로 코카인을 끊은 것 같다. 정전에 코카인을 하는 직접적인 묘사는 보이지 않기 때문이다.

『네 개의 기호』에서는 홈즈의 여성관을 알 수 있는 단서가 몇 군데에 나온다.

"사람을 볼 때 가장 중요한 건, 겉모습에 좌우되지 않고 판단하는 것이네. 내게 의뢰인은 말 그대로 의뢰인일 뿐이야. 사건을 구성하는 한 단위, 하나의 요소에 지나지 않는다는 말일세. 상대에게 좋든 싫든 어떤 감정을 품으면 명쾌한 추리를 할 수 없지. 내가 이제까지 알고 있는 가장 매력적인 여성은 보험금을 타내려고 세 아이를 독살해서 교수형을 받았네."

"여성은 100퍼센트 신용할 수 없네. 아무리 훌륭한 여성일지라도 말이네."

"사랑은 감정적인 것이네. 그것이 뭐든 감정이 개입됐다 하면, 내가 무엇보다도 중요하게 여기는 냉철한 이성을 마비시키지. 나는 결혼 같은 것은 절대 하지 않을 생각이네. 판단력을 흐리고 싶지 않거든."

이상의 말을 보면 홈즈는 여성에 대해 상당히 냉정한 사고방식을 갖고 있는 것 같다. 결혼도 생각하지 않는다고 했는데, 홈즈가 말한 이외에 다른 이유가 있는 것은 아닐까? 도일은 부모의 결코 행복하다고 할 수 없는 결혼 생활을 봐왔기 때문에 자신의 분신인 홈즈를 통해 그렇게 말했을 가능성도 많다.

도일의 아버지 찰스 도일은 도일이 20세인 1879년에 알코올 중독으로 정신병원에 입원했고, 14년 후에 그곳에서 사망했

다. 아버지가 없는 동안 도일의 어머니 메리는 그녀보다 15세
나 어린 브라이언 찰스 월러 의사와 사랑에 빠졌다.

월러는 자신도 하숙했음에도 불구하고, 6년 동안 하숙비뿐
만 아니라 도일 가족이 빌려 살던 집의 임대료를 집주인에게
지불했다. 그러다가 1882년, 월러는 고향 메이슨길에 돌아왔
고, 메리도 어린 아이 세 명을 데리고 월러의 이웃집으로 이사
해, 그곳에서 35년 동안 살았다. 도일은 이 스캔들을 숨기고
있었다. 이 책에도 나오는 윈우드 리드의 『인류의 수난』은 월
러가 도일에게 추천한 책이다. 도일의 자서전 『회상과 모험』
에도 그런 월러에 대해 한 번도 언급하지 않은 것은 이런 비밀
을 밝히고 싶지 않아서일 것이다.

일본의 유명한 셜로키언 고바야시 츠카사(小林 司)는 그의
저서 『셜록 홈즈의 추문』에서 다음과 같이 말한다.

"『네 개의 기호』의 메리 모스턴은 인도에서 돌아와 에딘버
러의 기숙 학교에 있었다. 이름이 같은 것을 보면 메리 모스턴
은 분명히 도일의 어머니 메리 도일의 분신이라 할 수 있다. 6
년 동안 해마다 진주가 메리 모스턴에게 배달된 것은 월러가
6년 동안 홈즈 집안에 집세를 내준 것의 은유(metaphor)이다.
그렇다면 진주를 보낸 새디어스는 월러가 된다.

메리 모스턴의 아버지 모스턴 대위의 사망은 도일의 아버
지의 입원(사회적 말살)을 의미한다.

바솔로뮤 숄토가 화학 실험에 열중한 것은 화학 실험이 취미인 홈즈의 분신을 의미하고, 홈즈는 도일의 분신이기 때문에 결국 바솔로뮤는 도일이 된다. 바솔로뮤는 새디어스가 메리 모스턴에게 진주를 보내는 것을 싫어했고, 다른 보물을 나누어주는 것도 싫어했다. 즉 윌러가 메리 도일에게 집세(진주)를 주는 것을 불륜의 조장이라고 보고 도일이 좋아하지 않은 것이다. 그렇게 불효하는 자신을 벌주기 위해서 도일은 자신의 분신인 바솔로뮤 숄토를 날아오는 독침에 맞아 비참하게 죽게 만든다."

홈즈 시리즈에는 이처럼 도일 일가의 숨겨진 비밀이 은연중에 묘사되어 있다. 예를 들어 홈즈 시리즈에는 메리라는 인물이 9명 나오는데, 모두 나쁜 사람이거나 불행한 사람이다. 자신의 어머니와 이름이 같은 여성을 나쁘게 묘사하는 작가는 아마 없을 것이다.

『네 개의 기호』의 메리 모스턴은 어릴 때 아버지를 잃고 가난하게 살다가, 막대한 유산을 손에 넣지 못하는 불운한 여성이다. 「보헤미아의 스캔들」에 나오는 왓슨의 하녀 이름도 메리다. 「버릴 코로넷」의 메리는 절도 공범이다. 그 중에서 「종이 상자」의 메리는 간통 현장을 남편에게 들켜 살해당하고 귀까지 잘린다. 「애비 농장」의 메리는 남편에게 폭행을 당하고, 그것을 동정하는 크로커 선장이 남편을 죽이는 일을 도와주며 크로커와 재혼한다. 윌러와 도일의 어머니가 사실상 재혼했다고 하면 이것 또한 도일 가족의 비밀을 폭로하는 소설이 될 것이다.

이처럼 어머니를 증오했던 도일은 홈즈 시리즈에서 자신의 가정의 치부를 대중에게 폭로함으로써 어머니에게 복수를 한다. 홈즈 시리즈는 도일의 고백 소설이라고 할 수 있는 것이다. 도일의 어머니가 그랬듯이 남편의 술 때문에 괴로움을 당하는 부인들이 다른 남자와 사랑에 빠지는 스토리는 계속 반복되어 나타난다. 도일의 홈즈 첫 단편 제목에 「스캔들」이 들어 있는 것도 이와 관계가 있는지도 모른다.

홈즈의 숙적 모리어티(Moriarty)에는 도일의 어머니 메리(Mary)가 숨어 있고, 'Moriarty'에서 'Mary' 문자를 빼고 남은 'trio'는 윌러와 메리의 관계를 묵인하는 도일을 나타내고 있다. 어머니를 둘러싼 3명의 관계를 홈즈의 적 모리어티로 집약했다고 할 수 있는 것이다.

이 작품은 지금까지 『네 개의 서명』으로 많이 번역되었으나 『네 개의 기호』가 더 정확한 뜻을 나타낸다. 여기에서 말하는 기호는 다음 그림에서 보듯이 네 개의 십자 기호를 말한다. 옛날 자신의 이름도 쓰지 못했던 사람이 많았던 시대에는 서명이 필요한 중요한 서류에 이름 대신 이 십자 기호를 쓰면 서명과 같은 효과를 발휘했다. 때문에 조나단 스몰은 영어를 잘 모

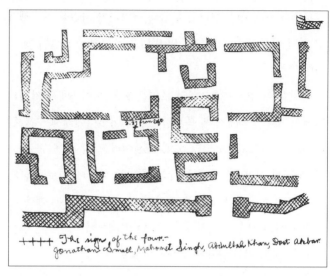

네 개의 기호가 표시된 도면

르는 다른 세 사람을 생각하여 서명 대신 십자 기호를 네 개 그려서 중요한 연판장이라는 것을 증명한 것이다.

이 책에는 전화에 대한 말이 나오는데, 전화국은 1879년 9월 런던에 생겼다. 런던 경찰청(Scotland Yard)에서는 1887년부터 전화를 사용했다고 한다.

이 작품은 몇 번 영화로도 만들어졌고 폴 조반니의 극 '피의 십자가'의 원안도 되었다.